L'Amant(e)

© 2019, Fauves Éditions
9, rue de l'École-Polytechnique – 75005 Paris
www.fauves-editions.fr
ISBN : 979-10-302-0295-3

Jocelyne de Pass

L'Amant(e)

Roman

Le souvenir, c'est la présence dans l'absence,
C'est la parole dans le silence,
C'est le retour sans fin d'un bonheur passé,
Auquel le cœur donne l'immortalité.

Henri Lacordaire

*Il m'est douloureux de penser que tout ce
temps passé si loin de toi, entre disputes
et ruptures, ne se rattrapera plus.*

Message de Justine

J'entre à reculons dans l'album « Souvenirs ». Il n'est pas relégué dans un coin perdu de ma mémoire. Il me saute au visage à chaque fois que je l'ouvre en même temps que ton image splendide, souriante, son titre et son sous-titre que tu as toi-même choisis. UN AMOUR SANS FIN, « Délices et souffrances d'une histoire impossible ».

Je préfère L'AMANT(E) même si ce titre est plus vague et ne précise pas qu'elle s'appelle Justine et que je m'appelle Alice.

Je ne sais pas pourquoi tu avais décrété qu'elle était impossible, cette histoire.

Parce que nous étions trop différentes, parce que nous n'avions pas vécu la même jeunesse ? Parce que j'aimais Baudelaire et Verlaine et que tes références étaient David Bowie, Alain Souchon, Barbara ? Parce que j'étais sage pendant que tu courais les boîtes de nuit, que tu dansais et flirtais et fumais jusqu'au petit matin ? Parce que tu avais toujours aimé les femmes, parce que j'étais mère et grand-mère ?

C'est ce que tu prétendais. Et c'est tout cela que je refusais d'admettre.

L'amour n'existe-t-il pas justement pour rapprocher les mondes que tout oppose ?

La seule anomalie dans cette histoire, c'est que le calendrier parle d'un âge sans aucun rapport avec celui du cœur. Et sans réfléchir, hier en l'évoquant pour une amie qui s'inquiétait de ma tristesse, j'ai parlé d'un « amour de jeunesse » perdu. Toi.

Tu es assise sur le bord du lit, moi aussi je suis sur le lit, mais à genoux derrière toi. Je masse les petites rougeurs sur tes épaules. Du bout de deux doigts légers, doux, qui, avec la crème, déposent sur ta peau ce que je considère comme autant de baisers. Mais c'est à peine si tu frémis…

« Ça te fait du bien ? »

Tu me dis merci. Pas de t'aimer. Juste de me donner cette peine.

Nous avions décidé de passer trois semaines dans le Jura, à l'écart de nos itinéraires habituels, pour essayer de réparer un grand amour blessé au cours de la dernière année.

Le temps chaud et sec continûment dans cette région des Cinq Lacs est un miracle météorologique, un des signes du changement climatique à l'œuvre, un changement meurtrier. Mais à mes yeux, c'est le soleil qui se prodigue sans compter pour désengourdir nos cœurs crispés.

Tout le jour, la lumière aveuglante a teinté

de gris-argent le bleu lisse uniforme du ciel.

C'est le mois de juin, l'obscurité tarde à venir, mais je broie du noir à longueur de journées et de nuits.

Tu viens d'éteindre et tu t'étends en me tour-
nant le dos.

Je soupire en prenant bien garde à ne pas me
faire entendre.

*

* *

Pendant dix mois, presque un an - tu te rends
compte ! - nous nous sommes à peine vues.

Tu avais coupé les ponts en quelque sorte,
me punissant à ta manière, de je ne sais
quelle injure que tu aurais subie de ma part.

Mais couper les ponts ne rompait pas le lien.
Fort au-delà de l'imaginable. Qui se nourris-
sait de l'éloignement comme de l'absence.

Nous n'avions jamais cessé d'échanger des
sms. Et je crois de nous aimer. Une sorte
d'addiction qui dure depuis maintenant trois
ans. Et comme c'est une histoire sans fin que
la nôtre, nous tentons de la ranimer.

Nous avions escompté un rapprochement,
moi du moins, dans cet environnement de

lacs et de montagnes pour nous inédit. J'en attendais qu'il te permît de fonctionner à nouveau en « mode séduction » ou en mode « amour ».

Je souffre de ton silence glacial qui s'éternise, envers et contre toute raison. Et sans nos deux chiens, dont je te commente les jeux et l'amitié, moi aussi je n'aurais rien eu à dire.

*

* *

Le mode séduction te va si bien. C'est ainsi que tu m'avais conquise il y a trois ans. Improbable conquête : je n'étais ni jeune, ni grande, ni belle, et hétéro de surcroît.

Mais l'improbable s'est avéré. J'étais tombée follement amoureuse de toi.

Combinaison unique de mutisme et d'audace, tu t'étais présentée à moi comme ce que j'aimais par-dessus tout. L'héroïne romantique exhalant la souffrance avec dignité. Et belle, si belle ! Avec quelque chose d'une âme maudite. Tu t'étais même qualifiée une fois « d'ange exterminateur ».

« Je ne peux pas parler de moi de mes doutes,

de mes incertitudes, de cette souffrance sournoise qui est au plus profond de moi depuis toujours. Je ne suis pas faite pour le bonheur tout simplement. Il y a toujours quelque chose qui me retient. Mais ne cherche pas à comprendre. C'est comme ça, je n'y peux rien. Garde-moi ton amitié, m'écrivais-tu, ça me réconforte de savoir que tu existes. »
Amoureuse : cela ne m'était pas arrivé depuis des années. Je me croyais à jamais à l'abri de ces délicieuses vibrations qui maintenant me traversaient (nous traversaient ?) de part en part si nos mains venaient à s'effleurer…

*

* *

Je n'avais plus qu'une envie, et réciproquement je crois, c'était de sentir le courant qui passait de moi à toi, de toi à moi, au contact de nos deux peaux. Tu avais fait la remarque d'ailleurs : elles étaient douces, miraculeusement accordées l'une à l'autre, comme deux essences volatiles qui se rencontrent par hasard pour créer un parfum unique, enivrant, imprévu. Peau de satin contre peau de satin. Et le désir devenait envahissant.

« J'ai envie de t'aimer, m'écrivais-tu, de la fa-
çon dont tu ne sais pas aimer. »
Mais tu résistais. Tu disais avoir peur de cette
femme différente de toutes celles que tu avais
connues, peur de cette femme qui n'avait
jamais connu de femmes.

J'ai peur de me trouver seule avec toi.
Je ne vais pas savoir comment t'approcher.
C'est la première fois que j'éprouve
pareille appréhension.

Je n'ai connu et aimé que des femmes qui
aimaient les femmes. C'était plus facile.

Message de Justine

Par ces nuits de juin maudites, la distance entre nous me paraît trop infranchissable pour que j'autorise ma main à divaguer sur tes hanches, ton ventre, entre tes cuisses... Le souvenir d'autres nuits, chez toi, dans ton lit, alors que tu oscillais entre mode amour et mode rejet, au gré de ton humeur, est trop cuisant. Tu saisissais ma main et tu la jetais au sens littéral.

Si je te tournais alors le dos sans un mot, il était possible d'arriver au petit matin, sans éclat. Mais souvent je me rebellais : « Qu'est-ce qui te prend ? Qu'est-ce que j'ai encore fait ? »

A ce moment-là, moi à ta place, je t'aurais attirée contre moi et je t'aurais serrée, écrasée de toutes mes forces contre ma poitrine.

« Pardonne-moi, mon amour, un vilain nuage est passé dans mon ciel... Oublie. »

Mais tu n'es pas moi. Telle que tu es avec tes sautes d'humeur incessantes, tu es à prendre ou à laisser.

« Et si tu n'es pas contente, va-t-en », ajou-tais-tu, blême de colère.

« Oui je m'en vais. »

« Sache que si tu t'en vas, tu ne remettras plus jamais les pieds ici. »

Je n'ai jamais été prête à courir ce risque.

Je restais. Immobile, dans le lit, les yeux grands ouverts, j'attendais que le jour se lève, souffrant mille morts.

*
* *

Parfois, si la nuit se passait sans drames, c'est le réveil qui te trouvait en fureur.

Debout la première, j'ai ouvert les volets rou-lants, nourri le chien et le chat, préparé la table du petit déjeuner, sorti tes céréales, ton lait, ton fromage, disposé sur le comptoir nos jolis mugs, le tien corail, le mien turquoise, rempli la bouilloire pour notre thé.

Je lis sur ton visage à livre ouvert… les re-montrances, la rancune pour ce que j'ai fait… ou pas fait, peut-être. Je me perds en conjectures.

Avec le temps et la répétition à l'identique de ces mêmes scènes, j'ai fini par conclure que je te déçois tout le temps, que la veille au soir je t'ai déçue…

Je me sens misérable, me découvrant incapable de te faire vibrer. C'est ce que tu attends de moi, n'est-ce pas, pour te désennuyer, t'arracher à la vacuité du quotidien, à la routine?

Mais comment hier soir aurais-je pu te manifester mon amour alors qu'au moment du coucher, tu m'as abreuvée de reproches? A 11 h, il est tard pour toi, tu dors déjà quand tu es seule. Et si tu déroges à tes habitudes, il te sera impossible de reprendre ton rythme le lendemain. Déboussolée, odieuse, toute la journée,

« C'est ce que tu veux? » insistes-tu.

Ces matins-là, je n'ai pas le droit, comme je le fais chez moi, de suivre *bfmtv* dans son tour complet de l'information. Tu détestes *bfmtv* et je ne tente pas de te faire changer d'avis. Si mon regard cherche furtivement l'écran de mon portable où s'affichent les principales nouvelles de la nuit, tu m'invectives : « Intoxiquée du téléphone, voilà ce que tu es! ». Le mot « méprisable » flotte dans l'air…

A cause de moi, tu n'écoutes plus *France inter*. Une phrase toute de colère contenue.

« Pourquoi ? Je ne t'en empêche pas. »
« Il ne manquerait plus que ça ».

*
* *

Maintenant, dans le Jura, comme lorsque nous étions, toi dans ton appartement, moi dans ma petite maison bleue, à moins de 10 km l'une de l'autre, je t'écris sur *WhatsApp* : « Je ne comprends pas ton attitude. Une semaine déjà que nous tournons à vide. Il nous reste encore quinze jours pour renaître, et sauver ce qui peut l'être. »
WhatsApp a ceci de bien qu'il signale que le message a été lu.
Il l'a été ; rien n'a changé, ni ce jour-là, ni le lendemain, ni la semaine qui a suivi.
Tu avais choisi de ne pas laisser à notre amour la moindre chance.
Mais était-ce vraiment un choix ?
De la lassitude ? Une dépression naissante ? Cette morosité qui te tombe dessus par intermittence ?

Et tu avais encore une fois lâché la bride à tes démons, ceux qui te répétaient à longueur de temps que tu n'étais pas « formatée pour le bonheur ».

Je laisse « couler » la mort dans l'âme, sans un mot.

Je me sens haïe.

J' avais attendu des berges bruissantes du lac de Bonlieu, fraîches, miraculeusement préservées de la canicule, qui m'évoquaient Rousseau ou Lamartine, qu'elles fassent naître en toi l'envie de serrer ma main dans la tienne, au moins, sinon la porter à tes lèvres.

Mais non, tu marches à grands pas, dont chacun t'éloigne un peu plus de moi.

Tu ne retournes même pas comme tu le faisais encore il y a quelques mois, pour crier : « Tu piétines… tu te crois au musée ou quoi ? Excuse-moi si je ne t'attends pas. »

La tristesse voile mon regard, baissant de plusieurs tons les verts des frondaisons, les camaïeux de bleus et de gris des eaux du lac, les rouges ou jaunes insolents des quelques rares barques accostées à la rive.

Il aurait suffi que tu reviennes sur tes pas, que tu me tendes la main. Je n'avais aucune envie de te quitter.

Le tableau d'un premier rendez-vous char-
nel, toujours vivant, palpite en moi : toi assise
dans un ample fauteuil en bois sombre, lour-
dement sculpté, droite, fine, majestueuse,
me scrutant, et moi debout près de toi, te
contemplant. Tu étais pour moi toute la
beauté du monde.

*

* *

Jamais, je n'aurais imaginé que j'oserais
déboutonner lentement, comme on le voit
dans les films, le chemisier que tu portais ce
jour-là et me glisser jusqu'à ton sein, l'enve-
lopper et le sentir peser dans ma main. Une
sensation bouleversante et douce, et déchirante, dont le souvenir seul suffit à éveiller
en moi un désir aussi violent qu'il l'a été
alors.

Je voulais être aspirée par toi, au plus profond de toi.

Tu laisses faire en me fixant de ce regard
intense et brûlant que j'aime. Mordoré. Tu
baisses les yeux sur ma main audacieuse puis
tu m'attires à toi…

Tu écartes ma robe de chambre, mais pourquoi étais-je en robe de chambre ? Non, je portais un legging très moulant que tu fais rouler sur mes hanches avec volupté, très lentement.

J'accélère le mouvement : j'anticipe le moment où ton doigt va trouver le chemin des profondeurs glissantes qui mènent au creux de l'être.

Je serre les lèvres pour ne pas laisser s'exprimer le plaisir, mais c'est toi qui m'implores : « C'est bon, c'est si bon ! Dis-moi que c'est bon. »

J'ai le souffle court et beaucoup de mal à me débarrasser de ma pudeur de « femme qui n'a jamais connu de femme ».

J'ignore aussi ce que veut dire le « lâcher-prise », que tu évoqueras souvent à ton propos ou au mien.

Peut-être est-ce cela, ce gémissement irrépressible, qui me fait rougir ?

Je suis maintenant assise sur tes genoux. Nous nous embrassons fougueusement. Avec comme une envie de mordre. Émerveillée, je te détaille, comme je le ferai si souvent au cours de ces deux années. Je voudrais être peintre, du bout de la plume la plus fine dessiner l'ovale de ton visage, du bout du pinceau le plus fin exalter la délicatesse de tes traits. Tu as ôté ton chemisier me dévoilant tes seins nus qui m'affolent. Leurs rondeurs de soie. Tu n'as pas l'âge que tu as. A mes yeux, tu es la déesse grecque aux galbes marmoréens... jeune pour l'éternité. Peut-être que j'exagère un peu, mais si peu. Ma main sculpte tes formes avec ravissement, un ravissement qui se propage jusqu'à mon ventre.

Le ravissement de ma main, puis celui de mes doigts, que tu guides, et qui réussissent le miracle de te faire gémir longuement. Je jouis rien qu'à t'entendre...

C'était le bonheur.

*

* *

« Je m'ennuie autant ici qu'à Paris », soupires-tu en détachant les syllabes, du fond de la chaise longue où tu t'es affalée, accablée par la chaleur de ce mois de juin, qui déjà s'annonce hors statistiques...

Ton regard est vague. Tu ne vois rien, ni les arbres, ni le ciel, ni la montagne, ni la tristesse dans mes yeux qui réfléchissent un ciel intérieur plombé.

« C'est mon enfant, et elle s'ennuie… » je me dis.

*
* *

Je détaille les mille et un sujets d'émerveillement à portée de ton regard : les poils dorés de ton bébé chien, son air à la fois mutin et résigné, l'épaisse toison tricolore du mien, qui dissimule un squelette de rien du tout, avec son regard sournois et en même temps soumis. Plus loin les arbres englués dans la brume de chaleur.

« C'est mon enfant et elle s'ennuie…

J'ai voulu mettre du baume sur des plaies anciennes qui l'ont faite ce qu'elle est : inconstante, changeante, tour à tour détestable ou aimable, odieuse ou jouant de son charme ravageur, avec un joli rire poignant. Mais je n'ai rien compris, j'ai tout raté.

« Je l'aime. Et elle s'en fiche. »

« Je ne te pardonnerai jamais, me dis-tu, de m'avoir prise pour une malade, d'avoir exigé que je me soigne.

« Qu'as-tu à faire de l'amour d'une malade ? C'est fini, tu comprends c'est fini. »

Je ne la crois toujours pas…
Tu as fermé les yeux. Tu es aux abonnés absents. Tu ne vois pas mes larmes.

Il y avait eu pourtant ces parenthèses char-gées d'émotion pure. Un de ces jours où ton pas s'accordait au mien…

Tu m'attrapes par le col parce que je suis sur le point de traverser la rue sans me soucier de la voiture qui fonce sur moi.

« Tu veux te faire écraser ou quoi ? » Dans ta voix, une tendresse palpable…

Ou alors : « Regarde-moi un peu comme tu es attifée ! Un vrai as de pique. J'ai vu dans une petite boutique, sous les arcades, le long du torrent, une veste noire en coton qui de-vrait t'aller. Et puis un tee-shirt convenable. » Fugitivement, je deviens ton enfant, l'enfant que tu n'as pas eu.

Tu en avais éprouvé le manque vers la tren-taine, mais ta mère l'avait étouffé : « Et ta carrière, tu n'y penses pas ? »

Amère, tu répètes en ricanant : « Ma car-rière, ma carrière ! ». Ajoutant encore plus amère : « Quelle carrière ? ».

« Ne compte pas sur moi pour garder le bébé. Je ne t'aiderai pas. Pouponner n'est pas pour moi une vocation. »

« Et alors ? », je demande.

« A notre époque, on ne pouvait pas se marier, on ne pouvait pas faire d'enfants. On n'a pas pu avoir d'enfant ensemble, Laura et moi. Elle ne voulait pas d'ailleurs… Et comme ça, j'ai eu une vie de merde. Elle aussi a eu une vie de merde.

« Si Laura avait été un homme, j'aurais pu avoir dix mômes avec elle, qui sait ? »

Tu dérailles et ce que j'entends, c'est un cri de souffrance qui me fait vaciller.

Mon cœur se serre, de plus en plus fort.

Tu as avalé ton philtre empoisonné ma chérie. Pour oublier que tu ne sais pas être heureuse. Que personne ne t'a jamais appris comment t'y prendre.

« Je me suis laissé facilement convaincre. Les nuits blanches, la course à la crèche pour arriver à l'heure au boulot… La crainte de ne pas savoir faire. Et par-dessus tout la peur d'avoir à l'élever seule. Sans Laura. Sans ma mère. »

Je songe que oui, sans doute, c'est mieux ainsi. Mais qui peut l'affirmer ? Au moins tu ne dirais pas aujourd'hui que tu es seule, seule au monde. Que tu es passée à côté de ta vie. Que ton amour passionnel pour Laura aura fait à la fois ton bonheur et ton malheur. Que tu aurais préféré ne jamais l'avoir connue.

Tu te blesses, tu te déchires, tu te tortures. Mon cœur se serre de plus en plus fort, se tord. Je suffoque.

Comment ai-je pu imaginer que j'aurais le pouvoir d'accomplir ce miracle ? Effacer un passé si plein de creux et de bosses ? Ou plutôt un passé qui renvoie à des failles abyssales ?

Tu me demandes : « Tu as bien pris tes médicaments ? »

« Nous nous sommes rencontrées trop tard, Petite… »

*
* *

Tu lui avais même donné un père à cet enfant.

Seulement tu ne le lui as pas dit. Tu t'es confiée à un ami commun en lui faisant jurer de garder le secret. Ce que tu redoutais, c'est que l'ami tienne sa promesse. Il l'avait tenue pendant trente ans. Et Philippe avait pleuré le jour où Stéphane avait parlé.

A l'occasion d'un de tes anniversaires, Philippe t'avait écrit, puis appelée : « Mais pourquoi ne me l'avoir pas dit directement ? J'aurais été si fier d'être le père de notre enfant… Il aurait quel âge aujourd'hui ? »

Philippe était homosexuel et comme toi, il avait fait un rêve d'éternité…

On fête chez toi la galette des Rois. Philippe est là, vieux monsieur, un peu voûté, triste, dépressif. Toi, tu resplendis et tu souris puisque les circonstances l'exigent. Jeune et belle.

Mon regard va de l'un à l'autre. Toi. Lui. Lui. Toi. J'ai la gorge nouée.

Le cœur gonflé de larmes.

*

* *

Le grand parc avec son torrent, qui suivait un parcours capricieux à travers la petite station de montagne devenue l'été ville thermale, est l'arrière-plan de nombreuses photographies de nos premières vacances.

Nous nous sentons veillées, protégées, par ces majestueux sommets enneigés, et nous redoutons le retour à Paris qui mettra fin à cette intimité si tendre et imprévue. Le ciel est bleu vif comme il le sera pour chacune de nos escapades, même en plein hiver, dans le Cotentin.

Tu m'as appelée « Petite » d'une voix hésitante. J'ai perçu quelque chose de fêlé, de nostalgique dans ton intonation.

Quelques nuages dans ton ciel intérieur, vite oubliés, n'ont pas réussi à assombrir la dominante lumineuse du souvenir qu'il me reste de ces trois semaines que je considérais comme une expérience de cohabitation réussie. Oui, nous nous marierions un jour comme tu l'avais suggéré…

Des petits riens ajoutés à d'autres petits riens m'enchantaient. Le café ou le thé du matin et la petite balance sur laquelle je pesais tout ce que nous mangions.

Nous voulions perdre un ou deux kilos l'une et l'autre. Ma course au bistrot du coin pour te rapporter un double *expresso* dans un gobelet de carton. Mon regard sur toi que je continuais de trouver la plus belle femme du monde, ma déesse. Et ma reconnaissance éperdue pour ces montagnes, pour tous les saints visibles et invisibles auxquels j'attribuais mon bonheur de « ver de terre amoureux d'une étoile », et que l'étoile aimait.

A notre retour, nos silhouettes amincies, notre teint reposé, l'éclat de nos regards ne sont pas passés inaperçus et je recevais les compliments qu'on nous en faisait, avec fierté. L'amour était à l'œuvre. Mon amour te faisait du bien. Cela ne faisait aucun doute. Aux compliments tu répondais avec un rire pour une fois plein de gaieté. « Ah bon ? »

Et tu t'étonnais de te sentir belle, bien dans tes baskets, soudain prête à vivre tous les bonheurs.

Je te disais que l'amour t'avait revalorisée à tes propres yeux et tu en convenais.

Je ne doutais pas que l'état de grâce durerait toute notre vie.

Mais la séparation, une fois rentrées, a demandé une adaptation difficile. Le « chacune chez soi » pesait comme une menace.

Quand les conditions d'un tel bonheur seraient-elle à nouveau réunies ? Nous avions imaginé que nous louerions à l'automne un appartement à la Rochelle pour deux ou trois mois. Mais le projet n'a jamais abouti.

Tu as toujours prétendu que j'étais trop changeante parce que tout à coup j'avais évoqué une autre destination, alors qu'en réalité c'est toi qui soudain ne te voyais plus si éloignée de Paris, ni à l'automne, ni au printemps. Tu martelais que tu n'étais pas « formatée » pour le bonheur. Et tu étais persuadée que toute tentative pour l'atteindre était vouée à l'échec.

Je m'entêtais dans mon rêve toujours déçu. Mais sûre aussi que je viendrais à bout, à force d'amour, de cette conviction absurde, de ton acharnement à vouloir approfondir le fossé entre toi et moi.

Les heures tournent autour des lacs et des montagnes ajoutant chacune de la distance à la distance. Je ne doute plus que nous sommes parvenues au bout du chemin.

Au retour, je m'en irai.

Je m'en suis allée mais pas sans regrets.

Maintenant chez moi, chaque soir, en m'endormant, mes paupières emprisonnent ton image. Et si je me réveille la nuit, tu es toujours là. Et encore au petit matin.

Je te vois, je te revois dans la chambre noire du fond de mes yeux, je me remémore comment tu étais, les cheveux ébouriffés à force de te tourner et de te retourner, car l'angoisse, parfois la terreur, constitutives de ta nature, ne te laissent jamais en repos.

Je tremble piquée au cœur par la dureté de ton regard, certains matins, l'amertume de tes lèvres serrées. Je souffre de n'avoir aucun remède contre ton mal-être…

Mais ta place à côté de moi reste vide.

Désespérément.

A portée de main, à portée de caresse, il n'y a plus ta chaleur.

Tu abusais des somnifères et j'ai appris à faire comme toi pour vivre l'absence, pour lui survivre. Malgré tout, je ne parviens pas à trouver le sommeil.

*

* *

Mon cœur crie famine. Pour le faire taire, je tente de me remémorer le pire.

Comme ce jour du mois de mai, où arrivant chez toi, je t'ai trouvée affalée sur le plancher, trempée de ta propre urine, le visage, les bras, le dos bosselés d'hématomes. Combien de fois étais-tu tombée et cognée en essayant de te relever ?

Je t'ai mise debout tant bien que mal, lavée, changée. Je t'ai conduite vers le joli fauteuil, celui avec les papillons multicolores sur fond noir, un tissu Christian Lacroix. Je t'ai fait asseoir, je t'ai fait boire mais je n'ai pas réussi à te faire manger.

Au-dedans de moi, ma vie et mon sang sont figés. Je t'écoute divaguer en me demandant quelles sont ces plaies encore béantes qui te poussent à mélanger champagne ou bières et témesta, dans la quête têtue de l'oubli ? L'oubli de quoi ?

Quand je t'ai connue, tu usais et abusais de ces cocktails maléfiques pour t'éloigner de toi-même. Et voilà que tu me remettais soudain en face d'une évidence criante : j'avais tout raté…

Après avoir réussi à te retenir un bref moment, je t'avais laissé dériver à nouveau.

Tu étais mon enfant, j'avais voulu te consoler, te soigner, te guérir, et au lieu de cela, j'écoute atterrée un flot irrépressible d'injures, des mots qui cognent, déchirent, des propos qui m'anéantissent.

Tu t'es mise dans cet état à cause de moi, parce que je ne t'aimais pas assez, parce je ne savais ni t'apaiser ni te rassurer. Je ne t'aimais pas, non, je ne t'avais jamais aimée, j'étais seulement fière d'avoir asservi une autre femme.

Le rire caverneux, la voix pâteuse, le ton désespéré, désespérant, tu ricanes : « Oui, vivement que la candidate du Front national remporte les élections à venir, qu'elle finisse le travail laissé inachevé par Vichy et

les Nazis. Oui, vivement, qu'un train blindé t'emporte vers les camps, toi et ta tribu… »
Tu tournes en boucle, je répète mentalement après toi chacun de tes mots pour ne jamais oublier, pour ne pas te pleurer le jour où nous nous serions quittées.

Est-ce que ce que l'on dit sous l'emprise de l'alcool, c'est n'importe quoi ? Ou est-ce la voix la plus secrète de l'être, celle du subconscient, la vérité cachée ? Je ne veux pas le savoir.

Du fond de l'intolérable qui frappe mes oreilles monte un cri de souffrance assourdissant. Je n'entends que lui. Toi.

Quatre mois que nous ne voyons plus, que nous ne nous écrivons plus.

Je ne cesse de me réciter les messages que je t'adresse par la voie mystérieuse de la transmission de pensée, sûre qu'ils t'arriveront et que tu y répondras.

« Comment est-il possible, mon amour, qu'au lieu d'écouter ton cœur, tu aies prêté l'oreille aux odieux racontars d'une vieille femme neurasthénique, d'une ex-amante jalouse, et d'un couple de Thénardier contemporains ? Ils se délectent tous du chagrin que tu ressens – je le sais – en songeant que je ne t'ai jamais aimée comme ils te poussent à le croire, toi, ma si fragile et influençable amie ? »

Je ne cesse de t'implorer.

« Pourquoi au lieu de me faire mal, chaque jour plus mal, ne m'écris-tu pas pour me dire : 'Je t'aime comme je n'ai jamais aimé. Tu hantes mes jours et mes nuits. Reviens je t'en supplie' ».

C'est ce que tu écrivais lors de certaines ruptures. Pas cette fois.

*

*   *

… Quatre mois à lutter contre le désir de
venir sonner à ta porte, de me jeter dans tes
bras que tu m'ouvrirais largement, j'en suis
sûre.

Et au lieu de penser que tu aurais pu m'en-
voyer vers les camps de la mort, réactivés
avec ta complicité, je songe à ces soirs nom-
breux où j'arrivais chez toi le cœur battant
rien qu'à l'idée de te retrouver. Même la plus
courte des séparations approchait l'éternité.

Devant la télévision, nos jeux amoureux
d'adolescentes attardées, finissaient en
apothéose.

Dans la fièvre de l'urgence, nous nous étions
dévêtues sans nous en apercevoir et nos
corps l'un contre l'autre, l'un dans l'autre en
quelque sorte, goûtaient leur nudité.

Nous nous aimions.

Tu as souvent prétendu que ça n'avait jamais
été formidable entre nous. Je te croyais, tu
savais mieux que moi.

Mais à y repenser, je ne te crois plus.

Ces corps nus affamés qui se cherchent, qui se trouvent avaient quelque chose de bouleversant pour l'une comme pour l'autre.

Pour l'une, j'en suis certaine, et pour l'autre aussi, j'en jurerais.

Je t'entends encore : « Dis-moi que tu aimes ça. Dis-moi que c'est bon de faire l'amour avec moi. »

J'aime, j'aime, j'aime - ne le sens-tu pas, ne l'entends-tu pas, ne le lis-tu pas dans mes yeux, sur mon visage ?

Cette peau si douce au regard, au toucher, au goût…

Oui, j'aime, j'aime.

Faire l'amour avec toi.

*
* *

Réveillée au milieu de la nuit, je gémis. Je sais que mon bras aura beau se tendre, il ne te rencontrera pas.

Je pose ma main glacée sur mon sexe pour la réchauffer, pour faire battre mon cœur, au souvenir de ce temps où nos deux moitiés antagonistes fusionnaient et nous installaient dans une paix précaire. Faire l'amour avec toi.

A nouveau réveillée aux petites heures du matin, je murmure ton nom, mais tu ne réponds pas.

Je suis seule dans mon lit, mais pas seule dans mon cœur.

Mon amour, te souviens-tu ? Je l'ai toujours dit : ton cœur bat dans le mien et le mien dans le tien.

Deux corps à l'abandon, un cœur, une âme.

C'est la fin de l'été qui, déjà en cette an-née 2015, joue les prolongations. Nous sommes encore sur l'île de nos vacances. Nous venons de nous croiser.

Sous un ciel indigo d'une intensité inaltérée jour après jour, je goûte au bonheur d'une amitié toute neuve.

Tous les matins, Angélique vient me rendre visite dans la galerie d'un hurluberlu de grand talent, où je travaille. Elle s'assied sur la marche qui sépare les deux salles d'exposition. Elle est négligemment vêtue d'un vaste tee-shirt, d'un bermuda délavé, d'affreuses sandales nu-pieds. Mais qu'importe ! Seuls comptent l'intérêt et la chaleur de nos échanges.

Tu es restée lire dans le jardin de votre mai-son, celle d'Angélique, je crois. Près de ton chat aux yeux couleur jade.

Parce que tu es ombrageuse, insupportable, et que de prime abord, je t'horripile - tu me

trouves snob, antipathique et prétentieuse -
elle me conseille pour t'amadouer de t'en-
voyer de « petits » sms. C'est mieux d'ail-
leurs puisque tu entends mal, précise-t-elle.
Elle me fait entrer par effraction dans ta vie.
Je n'ai rien à te dire. Ni toi.
« Ca va ?
« Bof !
« Et toi ?
« Bof, bof »
Nous découvrons que nous sommes voisines.

*
*   *

Angélique était ton amante des temps anciens. Depuis dix-huit ou dix-neuf ans, tu
vivais dans son ombre.
Elle t'avait tirée du gouffre lorsque, sans
force et désespérée, tu pleurais une femme
qui t'avait laissée sur le carreau, et que tu
imaginais n'avoir jamais aimée.
Très vite, tu avais remisé Angélique au rang
d'amie. Elle s'en était accommodée et s'était
installée dans le paysage, éternellement pré-
sente et généreuse, toujours prête à t'ouvrir
les bras, toujours à l'écoute.

Insensiblement tu avais abdiqué ta vie au profit de cette maîtresse déterminée et habile, peut-être pour adoucir un ou deux de ces sentiments infondés que tu nourris vis-à-vis de toi-même. Celui de ta vacuité, celui de ton inutilité. Ou peut-être parce qu'elle savait mieux que toi-même rompre l'ennui qui te ronge.

Je ne peux pas croire qu'elle n'ait pas vu, alors qu'elle en a eu tout le loisir, ce que j'ai perçu, je pourrais dire, en un clin d'œil.

Au-delà de tes fragilités, de ton apparente insensibilité aux autres, un monde vertigineux d'incertitudes touchantes.

Un champ en friche installé sur une mine d'or.

*

* *

Les semaines passent, et avec le retour à Paris, et l'arrivée chez toi de Bob, un labrador en fin de vie, que tu venais d'adopter, nos messages vont prendre peu à peu un cours imprévu.

Bob cumulait toutes les pathologies des vieux chiens de sa race, mais tu le soignais avec tant d'amour et d'abnégation qu'il renaissait

à la vie. Il était devenu le sujet quasi exclu-
sif de nos échanges. Et nous étions soudain
l'une et l'autre intarissables. Incroyablement
proches. Tu m'envoyais des séries de photos
de lui, agrémentées de petits décors proposés
par *Google*, commentées avec humour et drô-
lerie. Tu le faisais parler. Tu en avais fait le
héros d'un véritable roman photo que tu dé-
roulais sous mes yeux. Je m'extasiais, mais tu
refusais d'admettre que tu avais du talent et
tu te moquais quand je t'écrivais qu'il fallait
aller plus loin. Réaliser une BD. Je t'aiderais,
nous aurions du succès.

*

* *

Très vite, nos messages font du hors-piste.
« Tu as réveillé en moi des choses enfouies
depuis longtemps ; je t'aime ».
« Moi aussi je t'aime. »
« Comment ? Comme tu aimes Angélique ? »
« Ah non, je vous aime différemment. »
« Différemment comment ? »
Tu insistes.
Je suis déconcertée. N'est-ce pas un jeu
pour toi, mon amour, un jeu dans lequel tu

excelles ? Je le pressens, mais je rentre dans le jeu. Déjà, je sais que je ferai n'importe quoi pour toi. La vie me paraît soudain aimable, imprévisible.

Ce sont nos parties de fleuret moucheté. Ma gravité reste au vestiaire.

*

* *

Tes questions de plus en plus troublantes nous éloignent peu à peu du jeu d'esquive.

Et de nouveau : « Bob et moi, nous nous sommes trouvés. Nous étions tous les deux à la dérive. »

« A la dérive ? »

Tu manifestes un don pour les formules poignantes ou que je ressens telles. Je suis ébranlée par une véritable lame de fond : une furieuse envie de t'aimer.

Je ne sais pas encore ce qu'est l'amour entre deux femmes mais tu as déjà pressenti que c'est ce qui se dessine puisque tu m'écris à ce propos : « C'est quelque chose de doux, de très doux, tu verras ».

Tu sautes aussitôt du coq à l'âne.

« Quelle merveille ce chien. Il me réconci-

lie avec ce monde qui m'est insupportable.
Quel bonheur de l'avoir. »

« Mais regarde tout ce que tu as. Et cette
femme forte auprès de toi. Qui te protège,
qui t'aime. »

« Justement, tu ne peux pas comprendre.
Je suis quelqu'un de très compliqué. »

Nouveau saut du coq à l'âne, je m'apercevrai
bientôt que c'est ta spécialité, tu enchaînes :

« Bob est un grand séducteur. Il a fait la fête
à ma femme de ménage. »

Tu ne réponds jamais aux questions posées.
Tu donnes une information, tu la reprends,
tu la noies dans le flou pour te délivrer sans
jamais te livrer.

*
* *

Je balance sans cesse entre joie et tristesse,
mais dans une certaine insouciance, happée
par ce léger vertige qui fait tourner la tête
quand on sent que le destin est en marche.

Je trouve curieuse cette transe perma-
nente dans laquelle je vis, les yeux rivés sur
l'écran de mon iPhone. Cette folle envie de
te prendre dans mes bras ou de me serrer

contre toi. Les mots de « chérie », « mon amour » « mon trésor » se bousculent au bout de mes doigts, mais je les efface aussitôt pour revenir à un message aseptisé, bien sage. Cette émotion, le cœur qui cogne avec violence nuit et jour dans l'attente de mots que je trouve trop lents à venir, le désordre des sentiments, à la fois la peur de ce qui va arriver et l'impatience de voir arriver… ce qui est déjà inéluctable.

Plus rien désormais ne peut arrêter le mouvement.

Le feu a couvé sous la cendre jusqu'au jour de l'embrasement.

C'était un 6 novembre, voici deux ou trois ans. Je m'en souviens comme si c'était hier… Il y a comme ça des moments où des événements dans une vie laissent une trace ou plutôt une plaie destinée à ne jamais cicatriser. On se souvient très exactement ce que l'on faisait, où l'on se trouvait au moment où la nouvelle avait frappé. La sidération, le silence, puis les sanglots, parfois l'émerveillement…

La mort de Kennedy par exemple : je me revois quelques minutes après avoir entendu la nouvelle à la radio, dévalant un escalier pour courir chez moi enfouir mon chagrin dans ma couette roulée en boule. Puis rencontrant dans ce même escalier une jeune Américaine de mes amies, les yeux bouffis. Nous nous sommes jetées dans les bras l'une de l'autre. Nous vibrions à l'unisson dans une douleur jumelle. L'histoire avec un grand H avait opéré une fusion des âmes.

Il y a eu aussi le 9/11. Ma fille m'appelle en hurlant entre deux sanglots : « Allume la télé, allume la télé ». Je vois en direct un avion s'enfoncer dans l'une des tours du World Trade Center. Je crois d'abord que les nouvelles tournaient en boucle, avant de comprendre que les deux tours s'étaient effondrées l'une après l'autre, dans une nuée noire, engloutissant des milliers de vies, la grandeur et la fierté de tout un peuple. Les heures qui ont suivi, vautrée sur le lit, hallucinée, les yeux rivés sur l'écran, j'ai pleuré sans répit. Mon Amérique frappée au cœur. Je ne sais pas comment ni pourquoi en bavardant il y a quelques jours, avec une amie, moi Française, elle Américaine, nous nous sommes trouvées à évoquer les grandes dates de notre vie, celles dont le souvenir profond, ineffaçable, restait gravé dans la chair comme une scarification : pour l'une et l'autre, il s'agissait de ces deux mêmes événements dont le souvenir demeurait déchirant après tant d'années.

*
* *

Mon 6 novembre à moi, une date qui ne concerne que nous deux, ouvre un chapitre que j'intitulerais « l'embrasement ».

Je déjeunais avec un ami de longue date que je n'avais pas vu depuis quelques mois lorsque le double signal du message qui arrive a retenti au fond de mon sac. J'ai soudain été pressée de voir finir ce repas pourtant tant attendu afin de pouvoir lire tranquillement le sms que je savais venir de toi…

Mon ami Harry est mort depuis et la dernière image qui me reste de lui, d'une amitié de trente années, se confond avec ton joli sourire, avec l'attente de toi.

Quelques minutes plus tard, nous quittions le restaurant chinois situé rue Michel-Ange et Harry me raccompagnait vers ma voiture garée à l'angle de la rue de Varize.

Quelques mots : « J'ai une folle envie de faire l'amour avec toi. »

J'ai répondu sans réfléchir un millionième de seconde « Moi aussi » à celle qui allait devenir la première et la seule femme de ma vie.

C'était l'époque où tu fonctionnais sur le mode amour, moi sur celui de l'éblouissement. Tu m'avais dit que tu étais une passionnée. Et que si ça marchait sur ce terrain-là, tu t'attachais au point de ne pas supporter l'absence de l'aimée, de devenir exclusive à l'excès, d'être jalouse à propos de tout et de rien, de son passé comme de son présent, de la petite goulée d'air qu'elle aurait respirée loin de toi… Jalouse au point d'exiger qu'elle coupe avec tout ce qui faisait sa vie… avant toi, pour se consacrer à toi, l'amante adorée. Je m'enivrais… je fantasmais. Je serais celle-là. Toute à ta dévotion. Tu m'aimerais aussi de cette façon-là. Absolue. J'étais comme toi, en tous points comme toi. Et nous finirions notre vie ensemble.

Parfois tu me mettais en garde : « Je détruis tout ce que je touche. »

Je ne voulais pas entendre.

*
* *

La magie du mode « séduction », et plus en-core, celui du mode « amour », c'est que tout tombe juste quoiqu'on dise.

« Tu es quelqu'un d'envoûtant ». « Tu es quelqu'un de très spécial. Merci d'exister. »

C'est avec ces déclarations qui ponctuaient tes messages que tu m'avais conquise ou plutôt « ensorcelée ». Je n'ai plus eu qu'une envie. T'aimer. T'aimer à la vie à la mort.

J'ignorais alors que je t'aimerais corps et âme et qu'il me serait impossible de te « désaimer » sans me déchirer.

Je suis aussi fidèle que tu es instable, variable, versatile.

Mon regard sur Angélique est empoisonné par l'amour de toi qui monte, monte, m'étouffe.

Depuis qu'elle a compris que tu joues avec moi le jeu de l'amour, je suis devenue l'ennemie à abattre.

Me détruire à tes yeux est sa seule ambition. Elle n'a plus rien d'un ange ni au physique ni au moral. Plus plate que plate. Peau grêlée de fines ridules serrées, petits yeux fuyants, cheveux coupés courts et n'importe comment, ongles rongés. Rien qu'une jolie silhouette longue et fine, comme tu les aimes.

Je la déteste.

*
* *

Au tout début de notre histoire, à un moment où tu avais craint de l'avoir perdue et où tu n'étais pas encore bien sûre de ton amour pour moi, tu t'étais saoûlée.

C'était un dimanche où tu déjeunais chez elle. Elle t'avait vertement secouée et adressé un ultimatum : « Tu dois choisir entre elle et moi ».

De ta voix pâteuse des mauvais jours, tu avais répondu : « Je ne veux pas choisir. Je vous veux toutes les deux. »

« Dis-toi bien ma petite, tu n'auras pas le beurre, l'argent du beurre et la crémière avec… »

Pour ne pas devoir entendre plus longtemps ces propos grossiers, tu l'avais attirée à toi, ou tu t'étais jetée sur elle, je ne sais, et tu lui avais fait l'amour. C'était la première fois depuis 17 ans. Sur le canapé de son salon.

Brusquement sortie de la brume, tu l'as repoussée violemment et elle est allée heurter le coin de la table basse. Se cassant deux côtes.

C'est toi qui m'as raconté la scène, au téléphone, quelques minutes plus tard, alors qu'Angélique venait de partir aux urgences.

« Elle devrait t'être reconnaissante, as-tu conclu en ricanant.

« Que je lui aie fait l'amour après tant d'années, c'est à toi qu'elle le doit. »

Quelque chose au-dedans de moi a vacillé

comme cela arrive très souvent quand tu me fais perdre pied avec de l'inattendu. Je me suis quand même réjouie pour les deux côtes cassées et parce que tu te montrais comme tu étais, cynique et sans pudeur, mais admirablement sincère. Et cela seul comptait.

Cynique. Voilà un mot qui n'a jamais eu sa place dans ma liste d'adjectifs pour te décrire. C'est la seule et unique fois où il s'est imposé à moi.

*

* *

Désormais ma perverse aimée, tu ne songeras plus qu'à la ruse qu'il te faudra déployer pour échapper à l'emprise de cette maîtresse femme dont tu prétendais t'être affranchie. Les plans que tu échafaudes pour échapper à sa vigilance ajoutent du piment au désir qui te submerge…

Tu m'écris : « Je me demande comment faire pour te rejoindre et t'aimer librement… »

J'aime aussi cette coquetterie-là.

Un beau matin, le disciple interroge le maître.

Comment dit-on : « Maîtresse » ou « amante » ?

« Les deux, mais je préfère amante. »

« Ainsi, me voilà devenue ton amante ! »
Je riais.

Des étreintes épistolaires, imaginaires, cotonneuses, nous sommes passées aux embrassements fougueux, presque brutaux.

« Amante, amante, amante », je me berce de ce mot aux rondeurs émouvantes qui vient d'entrer dans mon vocabulaire. Il emplit ma bouche, la tapisse comme le miel.

Je vivrai avec toi mon amante adorée jusqu'à ce que l'une de nous deux, dans un dernier souffle, murmure à l'autre : « Adieu mon amour, pardonne-moi de te laisser tomber si tôt ». Et je me pencherai sur toi, ou toi sur moi, pour le baiser qui scellera l'ultime promesse.

*
* *

Je fais le tour de toi, comme d'une contrée inexplorée.

J'aime ces tête-à-tête où tu nous as enfermées.

Le monde extérieur n'existe plus qu'à travers les informations du *20 heures* sur *France 2* ou les notifications de *l'Express* et du *Monde* sur mon téléphone.

Nous avions même perdu Angélique de vue.

Ou peut-être s'était-elle volontairement tapie dans l'ombre, à l'affût, prête à bondir pour nous dévorer ?

Est-ce cela l'absolue solitude de la passion, prolongée à l'infini ? Qui, parfois dérive vers l'ennui, ou, d'une seconde à l'autre, peut déboucher sur des confidences ?

Voilà que tout à coup, les adjectifs de mon répertoire sont impuissants à te « traduire », à capter tes multiples facettes, surtout les plus brillantes, les plus insaisissables, celles qui font que je voudrais t'emprisonner dans mes bras pour l'éternité.

Sans avoir jamais à desserrer l'étreinte.

Il n'est plus question ici d'eaux superficielles

mais de plongée profonde. Charmeuse, tendre et violente, assoiffée d'amour et de certitudes et en même temps indifférente aux autres, conquérante, sûre de toi et cependant timide, nourrie de certitudes mais hésitante, gaie et désespérée, profonde et légère, artiste, fantasque, irrationnelle, rêveuse puis soudainement cartésienne, digne, sans foi mais croyant aux miracles, changeante, variable, versatile et cependant fidèle, forte et vulnérable, dure, parfois cruelle et néanmoins sensible, tour à tour lucide et de mauvaise foi, presque aveugle, franche et dissimulatrice. Mais, à mes yeux, toujours bouleversante.

Je me sens bien auprès de toi et de tes contradictions. Un de mes professeurs de 4ème avait déjà remarqué que tout en ayant bien, « trop bien même les pieds sur terre », je ne trouvais bizarrement mon équilibre que dans les « hautes sphères romantiques et éthérées ».

*
* *

Ma main sur ton front, mes doigts dans tes cheveux, je te caresse. La tendresse suinte du bout de mes doigts. Je t'aime.

« Tu ne seras plus jamais seule. Je serai tout à la fois ton enfant, ta sœur, ta mère, ton amie, ton amante… »

« Nous finirons notre vie ensemble, enlacées jusqu'au dernier souffle. »

Tu restes sceptique. « Quelle folle tu fais ! Je suis seule irrémédiablement seule ! Tu ne pourras rien y changer. Et quand je t'écoute, je réalise que j'ai raison de ne pas te faire confiance. Tu ne comprends rien à ce que je suis ».

Puis de nouveau le leitmotiv : « C'est mon destin. Je ne suis pas formatée pour le bonheur. »

*
* *

Avant même que nous nous soyons aimées, « comme seules les femmes savent aimer », tu doutais… Tu doutes aujourd'hui. En cet instant.

Mais peut-être que demain tu ne douteras plus. Tu es ainsi : coutumière des revirements à 180°, d'un instant à l'autre !

Je n'arrive pas à m'y habituer. Ils me secouent, ils m'enfoncent, ils me torturent, et j'ai de plus en plus de mal à rebondir.

Tes amies me donnent la clé de ce comporte-
ment. On me parle à ton propos de bipolarité, de perversion narcissique. On te connaît
bien et depuis fort longtemps. Et pour moi
on évoque le masochisme, en tout cas, deux
pathologies complémentaires.
Mais rien n'y fait. J'ai l'amour têtu, obstiné.

Rien n'y fait. Rien.

Ce jour-là, nous nous promenons à Passy. Je me réjouis de te faire découvrir un gâteau appelé le « merveilleux », une spécialité légère, avec une meringue aérienne, une chantilly immatérielle. De regarder avec toi les vitrines, dans le centre commercial voisin, de choisir un pull ou un pantalon ou une écharpe, pour toi ou pour moi, qu'importe, nous nous aimons.

Or tu viens de déclarer que ma présence à tes côtés te pèse, « que nous formons un couple ridicule, mal assorti. Angélique d'ailleurs l'a dit.

« Tiens, nous passons devant une glace justement, tu n'as qu'à voir.

« Et puis tu ne comprends rien à ce qui m'intéresse dans la vie. Non, décidément, nous faisons fausse route. Il faut arrêter là les frais. »

Un peu plus tard, nous sommes attablées à la table d'un café. Il fait beau, je suis en train de penser que dans le ciel les nuages se sont dissipés, que le soleil brille rien que pour nous, lorsque ces propos blessants (que j'ai fait semblant de ne pas avoir entendus) reprennent et culminent dans une incompréhensible colère.

« Il y a des moments où je te hais. C'est la dernière fois que je te vois. »

Voix rauque, sourire crispé, tes yeux fulminent.

Je pense que tu souffres, ma pauvre chérie. Moi aussi.

Je pose ma main sur la tienne pour tenter de t'apaiser. En vain.

Lorsque je te raccompagnerai tout à l'heure, non, je n'entrerai pas chez toi. Non, nous ne passerons pas la nuit ensemble comme prévu. Je n'ai qu'une envie : écouter le silence, asperger ma blessure avec l'eau et le sel de mes larmes. Qu'elle sèche au plus vite. Que demain ou après-demain, je revienne vers toi avec l'offrande d'un amour intact. Je suis forte. Tu es vulnérable avec raison. Avec mille et une raisons. Si je m'obstine à rester à tes côtés, ce n'est pas pour t'enfoncer mais pour te cajoler, te consoler. Envers et contre tout. Contre toute raison. Et contre moi-même.

Aussi invraisemblable que cela puisse paraître, nous sommes encore au temps béni du « mode amour ».

*
* *

Oui. Non. Difficile de vivre au rythme implacable de ce métronome-là. Je t'aime. Je ne t'aime pas.

Nous surfons sur l'irrationnel. J'ai beaucoup de difficultés à m'y retrouver.

« Il n'y a que tes messages qui soient intéressants, me dis-tu. Au début, tu m'as fait vivre notre amour sur le mode épistolaire, c'est-à-dire virtuel. Et puis tu n'as pas su, ni moi, lui faire quitter les hauteurs de l'imaginaire, l'ancrer dans le quotidien, banal à pleurer.

« Tu écris bien. Tu es presque convaincante lorsque tu parles de ton amour pour moi. Mais malheureusement, je n'en crois pas un mot.

« Je vois bien que tu fais semblant de m'aimer, que tu joues la comédie, que tu t'amuses. »

Je ne suis pas d'accord, je ne l'ai jamais été.

« Parmi les millions d'amours anonymes, il en est d'admirables toujours oubliées.

« C'est seulement lorsqu'elles passent du cœur à la plume qu'elles traversent le temps, se subliment, se survivent.

« Nous sommes Héloïse et Abélard à l'heure des sms. Et tant pis si tu te fous de moi… ».

Mais non, tu ne te fous pas de moi.

Ce même soir, avant de te coucher, un dernier message me dira : « Je t'emporte avec moi dans mes rêves… »

Tu viens de peindre mon cœur de ce bleu intense que j'aime tant, le bleu de mon île par temps ensoleillé.

*

*   *

Mais ta météo est comme toi, tout ce qu'il y a de plus instable et capricieux.

Le lendemain au réveil, un nouveau message m'annonce que tu as réfléchi cette nuit : « Je vois tout clairement. On en parlera. »

On en parle. Et comme c'est le cas très souvent, à l'heure des déclarations solennelles, tu es assise dans ton fauteuil à papillons multicolores sur fond noir, très droite, et moi sur l'accoudoir du canapé marron. Je détaille ton profil.

Il y a ce matin quelque chose de dur, de fermé, dans tes traits. Tu regardes devant toi sans ciller.

« Je suis quelqu'un d'absolument dénué d'empathie. Je suis incapable de m'apitoyer sur qui ce soit, sauf sur moi. Je n'éprouve aucune émotion. Et ça depuis toujours, il faut que tu le saches. »

Le ton est monocorde, ton visage n'a plus aucun relief. Toute vie l'a quitté. Il est terne et triste.

Mon regard est gris.

*
* *

Sans que rien ne le justifie, tu as échafaudé une histoire sans aucun rapport avec ce que j'ai vécu, ce que j'ai pu te raconter, ou ce que j'ai ressenti.

Tu me déstabilises, me plonges dans l'incompréhension et la tristesse. Je me sens étrangère à moi-même. Alors que je suis encore hébétée par le sentiment que tu m'as égarée, comme le Petit Poucet, dans une forêt inconnue de moi, tu fais volte-face : « Tu n'as jamais aimé personne comme tu m'aimes. »

Aussitôt mes lèvres vont à ta rencontre, entrouvrant la porte secrète du désir.

Je rêve de la réunion de nos deux désirs au fond de toi, au fond de moi.

Et puis les regards vagues, comme étourdis de l'amour assouvi.

Nos cœurs, nos corps enfin réunis.

Ces brusques changements d'humeur, qui sans cesse te font donner et reprendre, ajoutent à ton charme envoûtant. Et m'épuisent.

Quelle confiance n'as-tu pas en toi, en moi, pour jouer ainsi constamment à quitte ou double avec mon amour ?

Mon amour, mon pauvre amour, je comprends…

Par deux fois ta mère avait tenté de se suicider, te laissant seule au monde. Ni grand-mère, ni grand père, maternels ou paternels, ni oncles, ni tantes, ni cousins.

Les deux fois pour avoir été abandonnée par l'homme qu'elle aimait. La première, tu avais cinq ou six ans, et ton père avait été emporté par un cancer du poumon. Tu n'en avais rien su.

La seconde, ton beau-père venait de la plaquer pour une de ses élèves beaucoup plus jeune — il enseignait la botanique à l'Université — alors que pendant plus de dix ans elle avait élevé ses quatre fils dont leur mère ne voulait pas.

Ce suicide-là avait été spectaculaire. Toutes les vitres avaient volé en éclats, et le souffle de l'explosion l'avait projetée, elle, dans le jardin. Tu avais été réveillée, en plein sommeil, par un fracas de fin du monde, et la maison qui tremblait… Tu avais couru à la fenêtre. Les hurlements de la domestique, la stridence des sirènes des pompiers, le mugissement sinistre de l'ambulance qui arrivait et repartait… Et toi en chemise de nuit sur la pelouse, grelottante, désespérée, seule.

Personne pour te chauffer dans ses bras, te rassurer, te calmer.

Tu avais vingt-deux ans. Ta mère s'en est sortie. Pas toi. Cinquante ans après, tu fermes les yeux pour ne pas voir, tu te bouches les oreilles pour ne pas entendre. Le claquement assourdissant de tes dents a envahi l'espace. Tu t'étouffes dans un trop-plein de larmes.

Elle avait voulu mettre fin à ses jours sans penser à toi. Tu ne le savais pas alors, mais tu ne lui pardonnerais jamais cette double dérobade. Et tu la lui reprocheras même au moment de l'adieu définitif, lorsqu'elle agonisera sur son lit d'hôpital.

Ce sont les séquelles de ce que j'appelle « l'abandonnite » aigüe qui, ta vie durant, t'ont poussée à rompre avec le bonheur plutôt que d'être quittée par lui. Le « syndrome d'abandon » comme tu le dis élégamment.

Tu es sur ton lit, adossée au mur, genoux

repliés, les bras croisés sur ta poitrine, tes mains serrant fortement tes épaules. Le claquement de tes dents n'a pas cessé depuis que tu es remontée dans ta chambre, même si un silence vertigineux enveloppe maintenant la villa.

C'est la nuit noire. Tu as éteint la lumière pour ne plus voir. Le noir ne te fait pas peur. Le froid oui, qui se répand dans tes os comme une large coulure de mazout et te fait grelotter.

Les marches de chêne qui conduisent à l'étage, craquent. Tu le connais bien ce craquement. C'est celui des pas de ton beau-père, sans doute prévenu par la femme de chambre.

Il frappe doucement…

« Justine, c'est moi… »

Il entrouvre la porte…

« Ma chérie, j'ai eu Françoise au téléphone. »

Il s'est assis près de toi, il veut te serrer dans ses bras, te consoler.

Tu t'écartes le plus possible. Tu avances une main.

« Va-t-en. Tu n'as plus rien à faire ici. Je n'ai besoin de personne. Sors. »

Le couperet est tombé.

« Je pensais que… Seule dans un moment pareil, ma pauv… »

« Va-t-en ».

« J'ai eu l'hôpital. Elle… »

« Va-t-en. Je ne veux rien entendre, je n'ai besoin de personne ».

C'est peut-être la première fois en dix ans que la détermination et la révolte pointent dans ta voix.

*
* *

Tu m'as dit une fois que tu avais la dent dure, que tu ne pardonnais jamais.

Dans les étourdissantes abysses de ton passé, dont j'avais déjà pressenti l'existence, sont sans doute ensevelies, sous des couches géologiques incalculables, la ou les réponses à l'énigme que tu représentes pour moi.

Jeter au loin, si souvent, ou repousser d'un véhément coup de pied, l'amour qui t'est offert comme si c'était une braise brûlante… ? Ou pire, une dépouille de rat.

Tu n'aimes pas. Tu ne veux pas être aimée.

Mais plus tu t'éloignes, plus j'essaye de comprendre.

J e réalise seulement maintenant que ton existence ne s'est pas limitée à ce duo, que vous formiez ta mère et toi et dans lequel j'ai cru si fort. Tu as vécu pendant environ dix ans, une vie de famille – un père, une mère, cinq enfants autour de la table – sans que tu l'aies jamais évoquée.

Ta toute petite enfance elle aussi m'intrigue soudain. Ton père, gazé pendant la guerre, ce qui explique le cancer du poumon qui va le tuer… Ta mère ne t'a jamais parlé de cette mort que tu apprendras des années plus tard par la femme de chambre… Où est-il ce père souffrant alors que tu es une jolie petite fille brune, bouclée, souriante, dont la photo conservée sur mon téléphone m'émeut si profondément?

Au sana? Installé quelque part avec une autre femme, une famille bis?

Non, je ne crois pas à cette dernière hypothèse.

Sourire effacé, tu traînes ta vie comme un fardeau.

Dois-je emprunter des souvenirs à ma propre enfance pour essayer de comprendre ce que tu ignores, ce que tu as tu, ce que tu as peut-être vraiment occulté ou oublié ?

Ta grand-mère chaussant un lorgnon d'argent finement ouvragé… Elle est penchée vers toi, déboutonne ton chemisier, l'écarte, et considère ton petit buste bleu en hochant la tête sans un mot. Ou alors, soulevant ta jupe, elle passe ses doigts déformés sur les larges hématomes qui s'étalent en flaques irrégulières sur ton ventre, ton dos, tes fesses. Elle hoche encore la tête, toujours dans le silence.

En ce temps-là, pas si lointain, on ne parlait pas aux enfants. Aujourd'hui on les prend à témoin sans égard pour leur fragilité…

Une autre fois, tu es terrassée par la fièvre. Ton état nécessite des injections de pénicilline, toutes les trois heures. Jour et nuit.

Tu as trois ans.

Il est justement trois heures du matin. Une vive lumière te tire de ton sommeil fiévreux. Il est là, agitant ses mains gigantesques avec un rire sardonique. Il brandit la seringue comme une arme. Effrayante. Elle va s'abattre sans ménagement sur ta petite fesse amaigrie sous le regard effaré de la femme de chambre qui se signe et se resigne, en implorant le ciel à mi-voix : « Mon Dieu, protégez cette enfant ! ».

Ne crains rien, Justine. Cet homme violent est mon père. Le tien dort, enveloppé dans les voiles opaques de l'amnésie infantile. Ne cherchons pas à le réveiller.

Tu m'as reproché de ne jamais rien raconter de ma vie. C'est vrai, je n'existais plus que pour toi, par toi, mais les rares fois où j'ai tenté de revenir sur mon enfance, sais-tu ce que tu m'as dit ?

« Tu ne vas pas me bassiner avec ces vieux souvenirs…

« Ce qui m'intéresse, c'est ta vie de femme. »

*
* *

Jalouse comme tu es, j'imagine que tu n'as pas vu d'un bon œil ce père venant s'installer chez vous avec ses quatre fils, cette famille qui allait détourner de toi l'attention de ta mère…

« Au contraire. Avec les garçons, la maison revivait tout à coup.

« Et puis, le plus jeune qui n'avait que quatre ans, était si mignon… »

Je ne te crois qu'à moitié.

« Et il s'appelait comment ? »

« John »

« Tu le vois de temps en temps ? »

« Non.

« Il vit à l'étranger. Aux États-Unis ou en Angleterre. Peu importe d'ailleurs. »

« Tu n'as pas de photos ? »

« Au fond d'un tiroir peut-être. »

Des profondeurs de ton secrétaire, cédant à mon insistance, tu exhumes un tas de photos au format 6x9, aux marges blanches et à bords dentelés, et parmi elles, une…
La seule que je verrai.

« Les voilà tous les quatre : Mathieu, Louis, Pierre. Et John, mon préféré.

« Tu les vois encore ?

« Non, ils sont morts. L'un d'une overdose, l'autre d'un accident de moto ».

Pour le troisième, tu ne sais plus…

« Comme c'est triste, combien vous avez dû pleurer. Pauvre père qui a perdu trois de ses fils ! »

« Non, c'était après… »

Je ne m'aventurerai plus à l'avenir sur ces territoires de l'ombre.

Je souffre pour toi…

*

*   *

Je t'interroge souvent sur celles qui furent tes amantes.

Sans aucun sentiment de jalousie. Ce que tu as fait avant moi m'intéresse mais n'est pas de nature à me faire souffrir.

Nous sommes en voiture, nous bavardons à bâtons rompus.

« Alors, les amours de ta vie ? Combien en as-tu aimées ? »

« Plein, je suis incapable de les compter. »

« Mais celles qui ont véritablement compté, justement ? »

Tu essaies de te souvenir. Tu pianotes sur tes genoux.

Un, deux trois… Tu continues à pianoter. Tu souris, tu me scrutes du coin de l'œil. Peut-être ton regard est-il ironique ?

« Neuf » mais ta main est restée suspendue.

« Ah non, j'oubliais… long silence…

Isabelle… long silence, Antoinette… le silence se prolonge et… Élise… Simone aussi. »
Tu t'arrêteras à treize. « Sans compter les aventures sans importance. Finies quasiment à l'instant où elles commençaient. »

A force de te faire raconter ton passé, j'apprends à les connaître une à une, celles qui ont compté : une avocate, un(e) chauffeur de taxi bien bâtie, eh oui ! une Hollandaise opulente et généreuse, décomplexée, douce, au regard très bleu, mais je reste incapable de t'imaginer, toi si distinguée, cédant brutalement au désir, face à une inconnue, partant à l'hôtel avec elle. Pour une nuit qui durera une nuit, quelques nuits ou deux ans.

« Oui deux ans, c'est le maximum, sauf Laura, mon grand et premier amour, comme tu sais, déjà.

« Vingt ans de passion, mais nous n'avons vécu que sept ans ensemble, le reste du temps nous nous trompions mutuellement, nous nous séparions, nous nous retrouvions. Elle est partie pendant six ans avec la femme d'un couple d'amis que j'avais invité à dîner… Et six ans après celle pour laquelle elle m'avait anéantie, m'appelait au téléphone pour m'annoncer qu'elles s'étaient séparées :

« Laura n'aime que toi, n'a jamais aimé que toi.
Appelle-la. »

Tu n'as pas appelé, tu n'as pas pardonné.
Vous vous êtes sans doute retrouvées plus
tard parce que sinon le total des vingt ans ne
serait pas atteint.

Je vivais par procuration une vie que je
ne connaissais pas et qui t'avait façonnée.
Mais je connaissais tout de la passion. Une
connaissance intuitive et cependant exacte.
Et la sensualité qui va avec.

« Pour moi, ni amants, ni amantes. Mais un
mari, deux enfants. »

« Jamais d'amant ? Je ne te crois pas. Tu
mens comme tu respires. »

« Un fruit sec et non abouti » disait ta mère.

J'ai envie de te serrer follement dans mes bras, d'effacer ces mots de ta mémoire, toi ma fille, ma petite fille adorée. Je comprends que tu sois par moments, méchante, odieuse, vengeresse.

Oui, tu dois réparer tout le mal que t'a fait le destin. Et c'est moi qui suis là, près de toi, et me prête au jeu. Que ne ferai-je pas pour toi, mon amour ?

*

*   *

Ta mère… Je l'imaginais comme une forte femme. Exerçant un extraordinaire ascendant sur toi. Une femme entrepreneur, qui gérait du personnel, réussissait… et en même temps veillait de près à l'éducation de sa fille qui, chaque jour après l'école, la rejoignait au bureau pour y faire ses devoirs. Exigeante. C'est grâce à elle que tu es devenue ce que tu es, une femme cultivée, aimant les livres, digne, élégante... Elle t'a même initiée à la comptabilité pour que tu puisses lui succéder un jour à la tête de son entreprise....

Jamais, je n'ai été frappée comme je le suis aujourd'hui, violemment, par la contradiction entre sa force et ses deux tentatives de suicide pour un homme ? Une femme forte, dure, incapable de tendresse ? Incapable d'imaginer que sa fille a peut-être le cœur sensible... sur lequel certains propos vont s'imprimer en lettres de sang ?

Je n'ai jamais vu aucune photo de ta mère dans toute sa splendeur, alors que chez toutes mes amies trônent des portraits de radieuses jeunes femmes dont elles disent fièrement : « c'est ma mère à trente ans, ou quarante... Elle était belle, n'est-ce pas ? »

Ta mère et la mienne n'auront pas eu notre pardon sur leur lit d'hôpital, au moment de l'adieu. Pour moi, c'est une douleur. Pour toi, je ne sais pas.

Moi aussi, je n'ai pas exposé chez moi la fameuse photo du célèbre Harcourt.

Tes rapports avec ta mère ? Ton « pilier » comme je t'ai entendu la qualifier maintes fois… ta colonne vertébrale. « Mais c'était aussi une femme qui aimait les hommes », ajoutais-tu. « Et l'amour. Même au-delà de soixante-quinze ans, elle aimait séduire. Elle a eu des amants jusque très tard. »

D'Angélique aussi tu dis qu'elle est un pilier. Je hasarde un timide « Et moi dans tout ça ? » « Toi ? ».

Tu expires violemment.

Tu as chassé hors de toi ce pronom qui me désigne, comme les sophrologues et les énergéticiens demandent de faire pour se débarrasser d'une douleur ou d'un fardeau.

*

* *

Je te découvre petit à petit… différente de celle que je connaissais la veille, de celle que je connaîtrai demain.

Il aurait fallu que j'aie l'œil à facettes d'un papillon pour t'appréhender tout entière.

En cet instant, tu es noble et digne, très grande dame, souriante, chaleureuse, un brin mondaine dans tes propos. Tu entraînes les cœurs, convaincante de sincérité. C'est le nuage d'encre de la seiche derrière lequel tu te dissimules.

La réalité, mon amour, c'est que tu es toujours sur la défensive, que tu cherches absolument à préserver ton mystère, rester cachée aux autres, mais peut-être aussi à toi-même. Tu sais que ce paysage intérieur qui se dévoilera à la vue de l'observateur est tourmenté : falaises déchiquetées dressées au-dessus d'un océan déchaîné et sombre, presque noir. Loin du beau bleu des îles grecques, et de mon île aimée par temps ensoleillé.

*
* *

J'aime ces moments si rares, où tu laisses tomber l'armure.

Ta tête repose sur mes genoux, mes doigts glissent entre tes cheveux qui ont dû se raréfier puisqu'ils ne forment plus sur ton crâne qu'une sorte de voile léger. Je ne dis rien. Tu es tellement attachée à ton apparence. Je te peinerais en vain.

Parfois c'est ton ventre que je caresse et nous nous rendons compte en riant, qu'il n'est pas aussi ferme au toucher qu'il avait dû l'être.

Et là, je te rassure : « Tu es si belle comme ça ! Pulpeuse à souhait. Désirable. »

Telle que tu es avec tes imperfections, et aussi un menton un peu tombant, tu incarnes à mes yeux la femme par excellence. La beauté. Si j'avais dû t'inventer – mais l'artiste invente-t-il son modèle ou ne fait-il que juxtaposer une série d'images qui le touchent pour créer sa muse ? – je ne t'aurais pas faite différente de ce que tu es, le visage fin dans son cadre d'argent, une peau diaphane et parfaite, un profil légèrement aquilin, un regard qui n'est jamais tout à fait transparent, un port altier. Grande, bien proportionné, de jolies mains, tu as tout pour plaire.

Toutes ces photos que je fais de toi, tu prétends les détester, peut-être parce que les yeux de l'amour ont débusqué les fêlures de l'âme sur lesquelles tu te plais à barbouiller au gros feutre noir ? Tu t'y montres, telle que tu es vraiment : charmeuse, adorable, émouvante, capable de sentiments délicats et d'un rire léger qui, comme bien d'autres choses chez toi, me bouleverse.

Mais au-delà du physique, il y a un monde que j'aime et j'admire. Sables mouvants où je m'avance à pas incertains…

Dans les portraits que tu fais de moi, je me trouve toujours bien mieux que je ne suis. Me regarderais-tu aussi avec les yeux de l'amour ?

Au plus fort de notre relation, lorsque nous sommes chacune chez soi, nous restons en contact via sms, quasiment 18 h sur 24. Le soir nous convenons du programme de télé à regarder : nous commentons, échangeons nos impressions. Nous rêvons aux trois derniers jours de la semaine où nous ne nous quitterons pas.

Mais il arrive souvent que nous nous disputions la veille du troisième jour et que je doive en m'en allant traîner avec moi un cœur lourd, plein à ras bord de larmes. Tu n'as pas pu maîtriser tes humeurs et après m'avoir aimée, tu ne me supportes plus.

Moi, « envers et contre tout », je suis heureuse, plus proche de toi que je ne l'ai jamais été de personne. Et toi aussi probablement.

Parfois, nous nous interrogeons sur le vivre ensemble. C'est quoi ? Renoncer à son dernier espace de liberté ? Faire les courses, cuisiner, rater son omelette, ou réussir un chef-d'œuvre à partir d'une recette inventée pour toi, pour l'amour de toi ?

C'est risquer d'user le désir au quotidien ?

« Non, pas de ça ! », proclamons-nous d'un commun accord.

Mais vivre ensemble, c'était aussi se retrouver le soir sur le canapé marron, qui devient un « héros à part entière » de notre vie « commune ».

Nous regardons à la télévision une série médiocre, entre le chat et le chien, moi presque paralysée par l'émotion de te revoir, après quatre ou cinq jours, toi au bord d'une rage rentrée.

*

* *

Soirées souvent décevantes ? Peut-être pas ?

Même les plus sages d'entre elles, ont le goût d'une délicieuse liqueur. Ma tête sur ton épaule, ma main glissée sous ton pull. Ma main débordante de caresses.

Et les moins sages. Le même chat ronronne paisiblement sur tes genoux. Je vais le déranger mais tant pis. Je m'assieds à ta gauche sur le même canapé.

Ma main, encore, glisse sous ton pull en flanelle bleu nuit, plus dévorante que caressante, à la recherche de ton sein nu. Émerveillée, encore, elle en fait le tour, le soupèse, l'enveloppe. J'y mets les lèvres. Déjà haletante, je m'agenouille devant toi, je pose ma tête au creux de toi. Tu es déjà ouverte, déjà offerte… Soudain pressée, tu finis de te déshabiller.

Plus rien n'existe que toi et moi, nos corps nus emportés par cette lame de fond que je connais bien maintenant, répondant à l'appel mystérieux qui va les souder l'un à l'autre.

Ma tête est à nouveau au creux de toi.

*
* *

Vivre ensemble, pour moi – pour moi seule peut-être – c'est aussi me réveiller la nuit et te regarder dormir, c'est, ouvrant les yeux au matin, me pencher sur le visage de l'amour. Lui sourire.

Il n'y a pas pour moi de plus grand bonheur que de sentir contre ma peau ton corps

chaud que j'ai aimé depuis la première fois,
et n'ai jamais cessé d'aimer.

Oui, j'ai rêvé moi aussi de mariage. Pendant
un temps.

J'ai déposé sur la table devant moi le miroir brisé de notre amour. Du plat de la main, j'assemble et je désassemble ses fragments éparpillés devenus lames de tarots.

Je les interroge. « M'aime-t-elle » ?

C'est un jeu puéril peut-être, mais ils ne mentent jamais mes tarots même si, parfois, ils se laissent gagner par ma propre confusion. Ils me prédisent l'avenir, ils sont catégoriques : « Nous ne nous quitterons jamais quelles que soient les vicissitudes du quotidien ».

Notre amour est intemporel. Il est de tous les temps, présent, futur simple, passé simple, passé composé, futur antérieur. Du printemps, de l'été, de l'hiver aussi. Je crois tout ce qu'ils me disent.

Notre amour relève tout simplement de l'éternité.

Toi, de ton côté, tu fais parler ton pendule. C'est du solide, une sorte de miracle que cet amour.

Comme dans les contes de fées, ma Princesse, de ta bouche s'échappent tour à tour des serpents ou des perles. Au gré de ton humeur.

A ma première rencontre avec les serpents, j'étais restée sans voix devant ce déferlement de fureur, de quasi-haine.

« Jamais, jamais, je ne pourrai t'aimer. Nous sommes trop différentes. Nous n'avons pas vécu la même vie. Et puis une femme qui aime les hommes ! Tu me dégoûtes.

« Va-t-en.

« Et en plus tu as trouvé le moyen de fabriquer deux enfants alors qu'un seul aurait été déjà de trop. Va-t-en. »

Tu en devenais même vulgaire.

J'ai beau argumenter, te dire que cela se passait avant de te connaître, qu'il était absurde de me reprocher un passé auquel je ne pouvais rien changer, que le présent seul comptait où j'étais toute à toi, rien qu'à toi, et que le futur serait ce que nous en ferions, lumineux, tu ne voulais rien entendre.

Je te dis même que je n'ai jamais rien vécu de plus beau que mon amour pour toi. Notre amour.

Encore une fois tu répètes : « C'est n'importe quoi avec toi. On ne peut pas te faire confiance. Tu rêves trop. Tu n'as pas les pieds sur terre. « Moi, oui. »

« Arrête. Je n'irai nulle part avec toi. J'ai beau ne pas aimer Angélique, elle est solide. C'est mon pilier depuis tant d'années. »

Je m'enfonce sous la couette pour ne pas entendre ces mots. Pour dormir.

*
* *

Je rêve de toi et moi chevauchant ensemble mon noir destrier des songes, il nous emporte à vive allure loin de toutes ces douleurs qui te rendent haïssable.

Tu es fermement accrochée à moi et ton cœur bat dans mon dos et à l'intérieur de moi.

Ah oui, ce noir destrier des songes ! Il m'était apparu une fois, en songe, précisément, ar-

rivé de nulle part, envoyé par on ne sait qui.
Il était devenu mon complice, mon ami. J'en
avais tant besoin dans l'étourdissante solitude de mon amour pour toi, chaque jour
contrarié ou bafoué.

Je dois t'éloigner d'Angélique, toujours à
l'affût, dont la présence dans l'appartement
le plus voisin du tien, m'est un tourment.
Elle ne rate pas une occasion de me détruire
à tes yeux.

Depuis vingt, elle a réussi à maintenir un lien
très fort entre vous, d'où le physique est absent, et je te crois quand tu le dis.

Son cœur est pierre polie que rien n'entame,
sur laquelle tout coule, tu en conviens toi
aussi.

On pourrait la croire asservie, mais en réalité
c'est toi qui es domptée, maîtrisée, guidée,
niée. Elle te souffle ce que tu dois penser et
dire, me dire. Elle n'a de cesse de nous sépa-
rer. Elle a prévu que nous avions une histoire
à vivre ensemble. Vrai.

Que nous n'étions pas faites l'une pour
l'autre. Encore vrai ? Non, pas sûr.

Elle t'a convaincue que nous sommes aux an-
tipodes : je l'admets à mon corps défendant.

Qu'après moi, tu ferais une rencontre flamboyante qui illuminerait ta vie. Faux. Tu souffres de mon absence comme moi de la tienne.

Notre amour est une insulte à l'amitié qu'elle me proposait. Vrai.

Mais je n'arrive pas à en avoir honte tant le lien entre nous est autonome, puissant.

*

* *

Mon rêve est une sorte de vis sans fin qui m'enfonce dans un tourment infini.

Mon noir destrier des songes est réapparu. Il piaffe d'impatience sur la ligne de départ. Son regard est droit, honnête, tendre : « Où va-t-on ? »

« Où tu veux. De toutes façons notre attirance pour un pays, une ville, une campagne, une montagne, à Justine et moi, ne coïncideront jamais. Je pourrais être heureuse à l'autre bout du monde ou à deux pas d'ici, à la lumière de ses rares sourires, à l'ombre de ses méchantes humeurs. »

Mais voilà, toujours imprévisible, Justine hasarde timidement, d'un ton presque enfantin : « Une cabane au Canada ? »

« Il fait froid, si froid, et tu détestes le froid. »

« Oui, mais la chanson…

Sa voix n'est plus qu'un murmure.

« Et les érables roux de l'automne ! »

Je lui réponds :

> *Mon enfant, ma sœur, songe à la douceur d'aller*
> *là-bas vivre ensemble.*
> *Aimer à loisir, aimer et mourir au pays qui te*
> *ressemble !*
> *Les soleils mouillés de ces ciels brouillés…*

Cette *Invitation au voyage*, « là-bas où tout n'est que luxe, calme et volupté » est mon chant inspiré, qui avec quelques autres poèmes, m'accompagne dans des moments de doute, d'inquiétude, de tristesse…

Tu es émue. Tu as de lointaines origines flamandes.

Mais « le pays qui te ressemble » existe-t-il ?

Situé entre mer et montagne, il faut qu'il y règne une température constante de 20°.

Un pays qui pourrait être la France, sans être la France.

« Pourquoi pas Belle-Île ? J'aime tant Belle-Île.

« Sûrement pas. On y meurt d'ennui. »

« Le Cambodge alors ? C'est si beau…

Ce peuple qui a tant souffert, doux et résigné. Modeste, attachant, et on y comprend encore le français. »

« Je déteste l'Asie. Oublie. Et puis, tu es trop instable. Tu ne sais pas ce que tu veux. Tu me fatigues à changer sans cesse d'avis. Je te vois venir. Demain ce sera l'Afrique du Sud ou l'Australie. Arrête, je t'en prie, de courir dans tous les sens. Tu me fatigues. Arrête. »

« Je veux être ton enfant, ta sœur, ton amour, ton amante, rien que nous deux. »

« Tu me fatigues avec ton inconstance et tes absurdités. Tais-toi. Je n'irai nulle part avec toi. »

Qu'est-ce qui fait que tu ne saches pas rêver ta vie et que tu fasses des cauchemars une nuit sur deux ? De vrais cauchemars qui te réveillent en sueur, t'arrachent des propos incohérents ou même des cris.

De vrais cauchemars que tu ne parviens pas à débrouiller et à comprendre.

Moi non plus.

À force de rester tapies dans notre cocon, l'atmosphère se tend. Les rancœurs s'accumulent puis éclatent.

Tu me jettes à la figure que tu me détestes…

Tu joues à quitte ou double avec mon amour. J'encaisse la mort dans l'âme jusqu'au moment où tu m'expliques.

Je comprends mais…

« Comme un miroir, tu me renvoies tout le temps en pleine figure l'image de ce que j'aurais voulu être. C'est de la jalousie, de l'envie. Et moi j'en crève. Et je déteste les enfants. Rien que pour ça, je voudrais que ce soit fini entre nous. Rien que pour ça, je voudrais que tu disparaisses. Ne plus jamais te revoir, rien que pour ça ! »

Quand je sens passer sur moi une véritable bouffée de haine, je sais à quoi tu penses et tu repenses, et j'ai mal.

« Et en plus tu t'obstines à reconnaître dans notre rencontre une bénédiction, 'à cette heure tardive de nos vies', comme tu dis. Alors que moi je maudis le jour où je t'ai connue. »

Ne serai-je jamais heureuse auprès de toi, la femme que j'aime ?

Je n'ai pas envie de répondre. « Pourquoi, pourquoi ? Je n'ai jamais aimé comme je l'aime… Je n'ai jamais été plus proche de personne que je ne le suis d'elle. Et il me semble, envers et contre tout, que c'est pareil pour elle. Alors pourquoi ? »

Soudain, la rage me prend à la gorge et se répand en galets noirs et gluants sur une mer innocente et sereine :

« Oui. Nous sommes bénies des dieux. Combien d'hommes et de femmes meurent desséchés, sans qu'aucun regard ou geste d'amour ne vienne éclairer le chemin du crépuscule ?

« Arrête de me répéter de manière obsessionnelle que nous n'avons jamais été bien ensemble. Que je le sais, que je ne veux pas me l'avouer.

« Je ne le sais pas, je ne le pense pas. »

Soudain j'oublie tout, je souffre pour toi. J'oublie cette haine affichée, lancinante, qui me colle à la peau et je feins de ne pas entendre que tu viens d'ajouter : « Qu'est-ce qui m'a

pris d'aimer une femme comme toi », avec
dégoût, comme si j'étais une pute ?

Je te regarde avec une tendresse constante,
infinie. J'emploie ici le mot tendresse plutôt qu'amour, parce l'amour est plus vo-
latil, plus capricieux. Mais elle est sombre
et triste cette tendresse qui ne vient pas à
bout de tes doutes, de cette jalousie à poste-
riori pour un passé auquel je ne peux rien
changer.

*

* *

Tu m'as avoué une fois que dans l'amour tu
n'aimais que séduire et lorsque tu avais sé-
duit, tu n'aimais plus.

« Et maintenant, je ne t'aime plus, c'est tout.
C'est pas difficile à comprendre ! »

Longtemps je n'ai pas voulu l'admettre. Je
ne croyais pas que l'amour pût mourir de la
sorte alors que moi, de plus en plus amoureuse, j'étais prête à toutes les audaces, à
toutes les concessions, pour te plaire.

Tu me voulais impudique, je l'étais,

Tu voulais m'aimer, je me laissais faire,

Tu ne voulais pas, je me résignais…

Souvent je devais me contenter du seul bonheur de te regarder te déshabiller.

Tu ne manifestais aucune pudeur et le regard provocant, tu jouissais de ma confusion.

Orgueil satisfait ou vanité comblée ? Tu regardais goguenarde passer dans mes yeux puis s'éteindre le désir. Tu mesurais ton pouvoir.

Lorsque soudain une flambée d'amour nous soudait l'une à l'autre dans une étreinte fugace, mais fiévreuse, je me disais que tu te plaisais à faire mal et qu'en réalité tu m'aimais encore.

Que toute rose a des épines.

*

* *

L'instant d'après ou presque, tu es assise dans ton joli fauteuil que nous avons acheté ensemble. Tu es en train de feuilleter un petit calepin, un agenda plutôt puisque tu me dis en avoir accumulé des dizaines au rythme d'un par année de vie. Chacun est ta mémoire d'amour.

Tu y inscris tes rendez-vous médicaux certes, mais surtout les événements marquants de l'existence. Notre rencontre. Et en deux mots ton impression, puis au fur et à mesure, l'adoption du vieux chien, notre rapproche-ment, ton désir de moi. Notes à double tran-chant : tu sais exactement si le 27 octobre j'ai passé la nuit chez toi, si nous avons fait l'amour ou pas, si c'était un fiasco ou pas.

Ce jour-là auquel je pense, mais il y en a eu d'innombrables, tu comptes… « Cela fait vingt-trois jours que tu ne m'as pas tou-chée ».

« Tu as eu un gros rhume, souviens-toi. Deux semaines. Tu respirais mal, tu te mou-chais sans interruption et tu n'avais envie de rien… »

Un peu agressive, j'ajoute : « et d'ailleurs si tu avais voulu, rien ne t'aurait empêché de… »

« Je constate, c'est tout. Mais il faut bien que tu te dises que je n'ai jamais été portée sur la question. Alors, l'âge venant, ça ne m'in-téresse plus du tout. Et puis tu ne me fais plus envie. On n'appuie pas sur un bouton et hop ! Je ne suis pas une bête moi. Encore moins une machine. »

Dois-je comprendre que je le suis moi ?

La mauvaise foi affleure. Je me tais.

*

* *

Les mois s'écoulant, je vais d'attentes en déceptions. J'ai de moins en moins envie de passer la nuit auprès de toi.

Les lendemains sont de plus en plus souvent d'interminables journées rythmées par tes soupirs, quand ce n'est pas par l'énumération de tes griefs. J'ai perturbé ton équilibre, déjà fragile. Décidément je ne te vaux rien.

Tu avais tourné la manette d'un engrenage fatal que plus rien ne pouvait arrêter. J'étais responsable. La seule responsable.

Du jour au lendemain, tu avais même changé de côté pour dormir. Tu t'étais résolue pendant un temps à prendre le côté gauche pour me faire plaisir, « mais il n'y avait plus de raison », prétendais-tu…

Dix fois pendant une même nuit, tu souffles, jures, allumes pour reprendre un cachet, dans la vaine tentative de trouver quelques heures de sommeil. Tu as soif, tu as chaud, trop chaud, l'atmosphère confinée de la chambre est trop sèche. Tu étouffes. L'humidificateur que tu as acheté sur mes conseils est nul.

Tu te lèves pour ouvrir la fenêtre. Ou la refermer. Tu as froid tout à coup.

Moi-même, je ne dors plus. J'ingurgite autant de cachets que toi à la recherche d'un peu de repos. Que je ne trouve pas.

Je me lève épuisée, les yeux cernés, déçue.

Et pourtant, parfois, au pire moment, poussée par je ne sais quelle intuition, je pose sur ton visage une main caressante, un regard tendre. La magie de l'amour joue brutalement : nos corps se cherchent, s'écrasent l'un contre l'autre : nous nous désaltérons mutuellement à la source, tout étonnées que l'odieux vécu n'ait pas pu entamer la soif que nous avons l'une de l'autre.

Je t'aime, tu m'aimes, nous nous aimons. Jamais nous ne pourrons nous quitter.

*
* *

Arrive toujours un moment où le mode « pause » est mon seul recours pour apaiser le feu d'une série de coups d'aiguilles répétés.

Je la demande, mais tu es incapable de l'accepter et tu la vis toujours très mal.

Moi aussi. Bien plus que tu ne peux l'imaginer.

Plus de soirées télévision si douces, plus de nuits à tes côtés. Plus de réveils où je te regarde dormir (provisoirement apaisée) et où je fais la somme de tous les bonheurs de cette vie partagée. Où j'en oublie mes rancœurs.

Nous continuons d'échanger des messages, nos ballons d'oxygène, mais ils finissent souvent en règlements de compte.

*

*   *

Tu étais dans ton jardin, ravagée sous l'effet d'un soleil brûlant et du philtre maléfique

Angélique t'avait aperçue à travers ses somptueux rosiers inclinés avec bienveillance sur les tiens, plus chétifs, un demi étage plus bas.

Elle te connaissait assez pour te deviner…

Elle était aussitôt venue sonner à ta porte et tu lui avais vendu notre vie intime en échange de sa protection.

Tu as empoisonné nos rapports de manière irrémédiable ce jour-là. Tu as raison quand tu dis que cette pause a été fatale, mais c'est sur moi que tu rejettes la faute. J'étais à bout de souffle, tu comprends ?

La cassure avait été profonde. Plus pour moi que tu avais mise à nu devant cette femme qui t'aime aussi et ne rêve que de me voir disparaître, que pour toi, qui reprenais avec elle ta vie de « vieux couple sans amour ».

Tu lui avais promis de ne jamais me revoir. Et tu avais été loyale.

Notre « correspondance » elle-même avait été interrompue.

Tu faisais mine d'être terrorisée par sa menace de te laisser tomber et tu m'avais irrémédiablement fermé ta porte sous prétexte d'une possible rencontre explosive entre elle et moi. Et cela je ne le supportais pas.

Pour ma part, je ne pouvais oublier que tu t'étais laissé dicter un méchant message à un moment où j'étais à l'hôpital et où, dans mon désarroi, j'avais eu la faiblesse de me tourner vers toi.

Seulement voilà quelques mois avaient passé…

Il neigeait depuis cinq heures de l'après-midi, à gros flocons, très gros flocons sur Paris et sa région. Une chute de neige hors norme pour une fin d'hiver, et attribuée déjà au réchauffement climatique.

A la nuit tombée, les jardins de notre banlieue résidentielle étaient ensevelis sous un manteau étincelant de vingt à trente centimètres.

Nous vivions alors sous le régime de la rupture qui datait de la fin de l'été précédent et en dépit duquel nous continuions à partager nos émotions.

Après des semaines de silence, je t'envoyais une photo prise depuis une ruelle adjacente d'une perspective clodoaldienne aux contours d'arbres et de maisons tracés à la plume qui mêlait des lumières et des couleurs fondues blanches, bleu ciel et roses, un peu irréelles.

Dans le même temps, tu t'émerveillais devant un simple banc scintillant dans la nuit des mille cristaux de glace qui le recouvraient. Nos cœurs battaient à l'unisson.

Séparées par on ne sait quel malentendu, ou quel caprice, nous continuions à nous jeter l'une vers l'autre, au moindre prétexte.

En contemplant cette image, mystérieuse, inspirée, avec ses contrastes violents de blancs et de noirs, qui témoignait du regard sensible que tu portais parfois (trop rarement) sur le monde, j'ai entendu distinctement des paroles qui mêlaient ma voix à celle de Verlaine… Comme un écho. Pardon Verlaine !

    « Dans le grand parc solitaire et glacé,
    « Deux ombres tout à l'heure ont passé.
    « Toi et moi, enlacées, en un temps qui ne
               fut jamais.
    « Toi et moi marchant vers ce banc étoilé.
    « Toi et moi, échangeant dans le secret de la nuit,
      « Nos émerveillements et nos élans.
      « Je t'aime, tu m'aimes, nous nous aimons,
      « En un temps qui ne fut jamais, mais qui
             demain sera. »

J'ignore pourquoi, aujourd'hui encore, alors que cette fois, nous semblons nous être éloignées sans retour, ces mots résonnent en moi me laissant profondément émue.

    Un temps qui ne fut jamais mais qui demain sera ?

Ne sont-ils pas prémonitoires, je me dis ?

Nous nous revoyons dans le secret. Le bonheur du rétablissement miraculeux de la connexion une fois estompé, tu ne cesses de marteler : « Après tous ces mois de distance, de déchirements, c'est fini, fini, tu comprends, il n'y a plus rien à espérer, il est tard, trop tard, tout est trop tard. Nous ne nous verrons plus. »

Mais nous déjeunerons ensemble une dernière fois pour célébrer la nouvelle année. Et l'adieu. Enfin !

Moi affamée de toi, toi désespérée à l'idée de m'avoir perdue, nous nous abandonnons dans les bras l'une de l'autre découvrant dans cette étreinte le sens du lâcher-prise si souvent évoqué mais si mal compris.

Je te l'ai dit.

Notre entente a atteint ce jour-là des sommets.

J'étais sûre maintenant que oui, oui, nous vivrions ensemble, nous arriverions au port, heureuses, plus proches que jamais.

« Nous ne sommes pas sur la même longueur d'onde, nous ne l'avons jamais été », m'écriras-tu dès le lendemain.

Je connaissais ta vulnérabilité face au champagne. « Tu m'as poussée à boire et tu m'as eue par surprise. Tu m'as humiliée. Et cela, je ne te le pardonnerai jamais. Tu es immorale et abjecte. »

Un froid polaire est descendu en moi. J'ai été saisie de tremblements convulsifs. « Comment cela est-il possible, mon amour ? »

J'aurais dû comprendre plus tôt. Tu ne t'en es jamais cachée.

Nous ne donnons pas le même sens à l'amour. Là où je le veux profond, tu ne l'aimes que léger.

Alors que je le veux durable, « éternel », tu ne le connais que fugace, périssable.

Une fois que tu m'avais séduite, je n'ai plus présenté aucun intérêt pour toi. Tu ne te lasses pas de me le répéter à tous les temps, sur tous les tons. Ce qui fait le plus mal, c'est que passé, présent, futur se confondent.

Je t'écoute en me sentant coupable. Oui, je ne te fais pas assez souvent l'amour. Mais toi ?

Que tout t'ennuie. Moi aussi et oh combien !

Que je n'ai aucune conversation.

Que tu ne supportes plus mes dissimulations, mes mensonges.

Que mon pas ne s'accorde pas au tien, nerveux, rapide.

Qu'il faut mettre fin à ce gâchis.

« Parce qu'avec Angélique, ce n'est pas du gâchis peut-être ? »

Elle a beau avoir vécu près de toi, elle n'a pas vu toute ta richesse, tes dons artistiques multiples laissés en friche. Parce que le don est exigeant, autant que l'amour et la passion. Et qu'une dépression latente, un « à quoi bon » sournois, te dissuadent de consacrer à chacun d'eux, ou au moins à l'un d'entre eux, les quelques heures de chaque jour nécessaires à son apprentissage ou à son approfondissement.

Mais c'est vrai « à quoi bon » s'infliger la souffrance de créer, de vouloir laisser une empreinte, si l'on n'y croie pas ? Une œuvre ? A quoi bon ? Alors que tu n'as personne à qui la léguer ?

Aller à la rencontre de toi-même ? Pour qui ? Pourquoi ? Au nom de quoi ?

Ta propre mère qui avait « toi » pour lui succéder, mais personne après toi, n'a-t-elle pas renoncé à organiser la pérennité des photographies et des films qu'elle a rapportés de ses voyages d'après la retraite ?

Ces témoignages pathétiques d'une passion tardive sont enfermés à jamais dans des albums, bien alignés dans ta bibliothèque.

Dont personne n'héritera et qui finiront sur les étals des marchés aux puces... ou dans une poubelle. Il y a trop d'images partout avec ces millions de téléphones qui font double emploi avec notre regard.

Cultiver un champ si l'on ne sait pas que la terre est féconde?

Même pour l'écriture, tu n'es pas dénuée de talent mais tu as toujours accueilli ma certitude avec le sourire goguenard de l'élève à qui le prof de philo de mon adolescence demandait si, en tapant au hasard sur les touches d'une machine à écrire, un singe serait capable de produire *l'Iliade*.

*
* *

Et je mesure ta souffrance. Et je voudrais te consoler, disposer de pouvoirs magiques pour te faire revenir en arrière sur le chemin, te permettre de revivre ta vie, en ayant choisi cette fois non pas de te nier, mais de te reconnaître.

Et je pleure mon pauvre amour. Je n'ai même pas eu le pouvoir de te convaincre de ta valeur. Que mes yeux d'amour voient.

Mais peut-être es-tu heureuse après tout, quoique j'en pense, qu'Angélique ait pardonné ton inconstance et t'ait réintégrée dans son cercle d'amies…

Où pourtant tu ne seras jamais qu'une pièce rapportée, une étrangère mal à l'aise et malheureuse, où tes moindres mouvements seront épiés, tes attitudes critiquées, tes paroles disséquées.

Où personne ne soupçonnera ta vraie valeur.

On te complimente, ça ne te suffit pas, mais pour rien au monde tu ne te l'avouerais.

Peut-être est-ce moi qui suis bêtement jalouse après tout ?

Après le Jura, oui, j'ai mis fin à ce « gâchis », à cause ce mot glaçant que tu ne cesses de me lancer au visage.

Mais aussi à cause de moi : « Aucune pause ne suffira jamais à me rendre la joie de vivre, le goût d'écrire, de lire, comme avant toi, le goût des autres aussi. »

Je ne trouve plus aucun plaisir nulle part puisque le seul auquel j'aspire, mon amour, tu le nies, tu le refuses.

Mes poumons à court d'oxygène, mon cœur épuisé par ces cavalcades sans fin que tu lui imposes, mes perspectives toujours brouillées de larmes, m'ont conduite à prêter l'oreille à ma petite voix intérieure devenue assourdissante.

« Tu te détruis à vouloir te faire aimer, à vouloir la rendre heureuse. Elle ne veut pas de toi. Elle ne veut pas être heureuse. »

En prêtant l'oreille à cette voix-là, j'ai oublié toutes ces nuits sans sommeil dans un lit vide de toi, plus longues et insupportables que mes nuits d'insomnie auprès de toi, la vacuité de ces journées d'où le projet de te voir sera absent irrémédiablement.

Mais le temps qu'il m'a fallu pour comprendre que j'étais une branche coupée de son arbre, privée de sa sève, a suffi pour que, meurtrie par mon silence, tu m'effaces... il n'y a pas d'autre mot.

Je n'existe plus. Je n'existe plus nulle part. Ni en toi, ni autour de toi.

J'avais oublié qu'après m'avoir poussée dix fois, cent fois, à penser que oui, « il n'y avait pas d'autre solution » que de te quitter, tu m'aurais brusquement attirée à toi, si j'avais été encore là. Et que troublée, inquiète, ou tout simplement heureuse, je me serais laissée happer par tes bras, bercer, déshabiller, caresser.

Tu étais la femme que j'aimais. Rien d'autre ne comptait. Ta langue au creux de moi me bouleversait et je n'avais de cesse de boire moi aussi à la source de toi.

*

* *

« Ni avec toi, ni sans toi » était devenu une sorte d'antienne que scandait chacune de mes respirations.

Jusque-là, c'est vrai, pendant deux ans, d'épisodes aigus en épisodes aigus, de pauses en retrouvailles, je n'avais écouté que ton cœur battre dans le mien, faisant taire mes douleurs.

Je t'aimais, je te trouvais belle, j'avais tant donné pour le plaisir de toi, pour connaître encore une fois, demain peut-être, la douceur ineffable des replis les plus intimes de toi, de voir ton regard attentif à ta propre jouissance, de guetter moi aussi ton plaisir… Un plaisir qui allait crescendo jusqu'au final.

Je t'ai toujours dit- t'en souviens-tu ? - que ton plaisir passait avant le mien, de même que ton bonheur, ton intérêt. Mais tu n'étais pas « formatée » pour entendre, pour comprendre…

Tu avais le cuir tanné par les coups que tu t'infligeais toi-même jour après jour, par la maltraitance verbale de ta mère autrefois, et le cœur parcheminé sous l'effet du poison qu'instillait en toi l'amante des temps anciens. Et ma naïveté, la limpidité, la douceur de mon amour n'étaient pas des antidotes suffisants.

Je n'aurais jamais dû écouter ceux qui avaient parlé de perversion narcissique et de bipolarité. Des notions dont j'avais ignoré jusque-là l'existence, mais qui avaient fait leur chemin létal dans mon esprit.

*
* *

J'aurais dû me souvenir de ces pauses que nous nous étions parfois imposées…

Me souvenir de l'ennui de ces nuits sans sommeil, interminables, où pour rompre la tristesse de cette solitude sans retour, je cherche à définir le goût du désir, à le traduire en mots.

Tu es la femme que j'aime, mon amour.

Je serrais mon sexe à pleine main. Et de manière imprévue, non préméditée, nous nous lancions dans un travail de reconnaissance des corps.

Avec une infinie douceur, nous avancions vers le seuil du mystère.

« C'est bon, c'est si bon » disais-tu ! »

« Tu as quitté Justine, tu te souviens ? Et le

plaisir solitaire, tu le refuses, tu l'as toujours refusé.

« Mais n'est-ce pas déjà un plaisir que d'essayer de définir l'odeur du désir de toi et de le respirer au bout de mes doigts ? »

Me souvenir aussi que ne plus avoir à faire le projet de nous voir, nous interdire l'envoi de ces petits messages qui sont source de vie – j'exagère mais à peine – nous étaient une torture. Nous éloigner l'une de l'autre, une torture plus grande encore. Alors ?

Au plus profond de la solitude retrouvée, et de la volupté que j'en éprouve par moments, je fais des rêves étranges, incompréhensibles…

Dans celui-ci, tu as réussi, je ne sais comment, à m'attirer chez toi.

Il y avait là deux personnes que je ne connaissais ou ne reconnaissais pas, peut-être Lina, notre amie russe, en train de coudre et un homme qui en prenait un peu à son aise. Le chef de chantier ?

Des travaux étaient en cours.

Des ouvriers que je ne voyais pas creusaient dans ton jardin un trou immense qui devait pouvoir abriter quelque chose comme un chauffe-eau ou un circuit de refroidissement d'air.

Non, non, à la réflexion, il devait accueillir le tombeau de notre amour – un tombeau de granit noir monumental, la réplique de celui de Napoléon aux Invalides, avec nos prénoms gravés dessus en lettres d'or. « Alice et Justine se sont aimées. » et une date illisible mais que je savais être identique pour nous deux… « En un même jour, en un même tombeau… » Comme Curiace et Camille… Et je souris à mon rêve.

Effrayée, je veux partir. Mais tu t'accroches à moi, tu tiens absolument à ce que je reste. Tu me présentes un plateau d'appétissantes petites bouchées.

Plus belle que jamais, tu es vêtue d'une robe bleu-marine (toi en robe ?) avec un délicat semis de fleurs blanches, à col en V très plongeant. Tu te penches, tu bouges joliment, et je vois dans le décolleté tes seins qui flottent langoureusement sous l'étoffe légère. Désir… désir… encore désir.

Je n'ai plus qu'une idée : « Fuir, fuir ». Pas question de retomber dans le piège du ni oui ni non.

*
* *

Toutes ces pages, mon amour, sont un trompe-l'absence.

J'aurais voulu ne jamais les avoir écrites puisqu'elles ne sont qu'une vaine tentative de retrouver ta chaleur, ton odeur, le goût de tes baisers, l'exaltation de nos étreintes, toi que j'avais quittée, parce que je ne pouvais plus endurer tes rebuffades, t'entendre ressasser tes doutes : « non tu ne m'as jamais aimée ».

Pourtant deux mois seulement après t'avoir connue, je savais déjà sans erreur possible que ton cœur battait dans le mien. Je sentais tout, je comprenais tout. Tu vivais en moi, tu mourais en moi. Tu m'avais envahie. Tu t'étais glissée dans toutes les fibres de mon être, dans tous les plis et les replis de mon cerveau. J'avais abdiqué mon moi.

T'appeler « mon amour, mon âme » n'était pas un bête réflexe.

En décidant de te quitter, brusquement, sans avoir crié gare, je voulais, entres autres, protéger notre amour de toutes les douleurs qui accompagnent les ruptures.

Si tu ne m'as jamais entendu penser, moi je lisais à livre ouvert dans le regard que tu portais sur moi. Je voyais bien comment soucieuse des apparences toujours, du qu'en dira-t-on, les signes du vieillissement sur mon visage te chiffonnaient. Tu t'inquiétais aussi de me voir perdre, l'âge venant, quelques centimètres alors que je suis déjà si petite, et sachant que ta mère en avait perdu douze.

Tu me rapportais les impressions de femmes de ta connaissance qui toutes disaient que quatre-vingts ans marquaient un cap. Qu'au physique comme au moral, un pas était franchi. Cet âge j'allais l'atteindre, un jour, quatre ans et demi avant toi sans compter les inégalités génétiques propres à chacun.

Je voulais aussi mettre notre amour à l'abri

des turpitudes qui avilissent les ruptures. Et sur ce coup-là, c'est râpé.

Toute seule déjà tu faisais la somme de nos incompréhensions, de mon silence brutal, de mon refus entêté de te parler…

Tu as bénéficié d'amitiés qui sont venues renforcer tes doutes, t'ouvrir les yeux sur ma duplicité.

Un amour comme le nôtre exaspère ceux qui ne l'ont jamais éprouvé, les frustrés, les traîtres, les intéressés. Et toi tu ne demandais pas mieux qu'on t'aide à te guérir, fût-ce en m'accablant.

Nul ne peut imaginer, sauf moi, ta douleur en entendant l'énumération des coups innombrables que je t'avais portés, de toutes les trahisons dont tu avais été victime de ma part. Tu ne pouvais pas y croire et en même temps tu ne pouvais pas nier l'évidence qu'on te brandissait sous le nez.

Moi j'ai eu cette chance de n'avoir pas eu à subir, au-delà de la rupture, l'acharnement des tiers à te détruire. Tu es restée intacte dans ton sanctuaire, rayonnante comme la plus précieuse des œuvres d'art. Toi, la femme que j'aime.

C'est vrai que dans des moments de souffrance, ou pendant ces maudites pauses, j'ai toujours essayé de te comprendre.

Mon âme d'enfant solitaire et blessée m'incitait sans cesse à vouloir deviner ce qui avait façonné ta personnalité : « Toi », femme à la fois attachante, méchante, odieuse. Ce ne sont pas de nouveaux adjectifs que j'ajoute à tous les autres. Je les ai déjà utilisés. Mais ici ils s'incarnent.

Hier encore, tu m'écrivais que « ce message » était le dernier, que tu tranchais définitivement le fil, et que je devais « me faire une raison. »

« Je ne peux t'apporter rien de bon. Je sème le malheur, crois-moi. Réjouis-toi et profite de tes voyages à venir. Moi j'ai tout vu, mon métier de photographe m'a entraînée là où tu rêves encore d'aller…

« Moi, je ne sais pas rêver. Je n'ai jamais rêvé. La nuit, seulement, et encore, ce sont toujours d'effroyables cauchemars.

« Rien ne m'intéresse. Rien ne m'intéresse plus.

« Tout m'ennuie. Je m'ennuie partout et tout le temps, comme tu sais.

« Oublie-moi, c'est ce que tu as de mieux à faire. »

T'oublier ?

C'est me demander de gravir pieds nus les flancs de l'Himalaya jusqu'au sommet, couronné par un monastère pris dans la glace, étincelant de blancheur.

Je le vois ce monastère sur deux cartes-postales de mon invention qui se superposent presque parfaitement.

C'est Shangri-la, pour l'un, le temple de l'éternelle jeunesse, de James Hilton[1], le temple blanc de Chiang-Raï, pour l'autre, dans le nord de la Thaïlande, pétrifié dans du marbre immaculé par un architecte contemporain de génie[2].

Je le vois ce monastère. Il ne se dérobe pas à ma vue, mais à mes forces.

A jamais inaccessible.

---

1. Dans son roman : *Horizons perdus*
2. Chalermchai Kositpipat. La construction de ce temple (Wat Rong Khun en thaï a commencé en 1997)

Je me tourne et je me retourne dans mon lit. Je fais le tour de toi, de ta place vide. Je ne finirai jamais de te chercher.

J'essaye de m'appliquer à être heureuse loin de toi. Mais combien d'occasions manquées lorsque j'étais près de toi, par ma faute bien sûr. Je masse doucement ton sein gauche, pas le droit qui sous sa peau de soie, dissimule une prothèse. Sous mon doigt animé d'un lent mouvement circulaire, l'aréole devient granuleuse, le mamelon se gonfle, durcit, se dresse…

Je me parle à moi-même. « Tu l'as quittée tu te souviens au retour du Jura ?

« Tu croyais sans doute que tu en éprouverais du bien-être. Tu as méconnu la force et la tyrannie du lien que rien, même les souvenirs des pires moments, n'ont réussi à entamer.

« Comment as-tu pu croire que cette fois serait différente ? On t'avait dit qu'il serait bon que tu retrouves ta liberté si tu ne voulais pas sombrer avec elle. Comment as-tu pu prêter l'oreille ce genre de discours ?

« Tes amies les plus proches t'avaient prévenue : 'La quitter ? En auras-tu la force ?'

« Elles qui me connaissaient savaient que tu étais mon souffle, ma vie.

« Tu dors mal. Tu gémis. Tu fais des rêves étranges. Et tu murmures à son oreille : 'Je t'aime mon amour. Reviens !' »

Mais tu as décidé que tu ne reviendrais jamais…

« Je fais tout pour oublier, m'écris-tu. C'est impossible entre nous. Je pense à toi encore trop souvent… Tu hantes mes nuits, mes songes… On se reverra peut-être plus tard quand la douleur sera moins vive. Mais je ne le crois pas. Je ne le voudrais pour rien au monde. »

Je ne me résigne pas et je ne fais rien pour oublier : à chaque instant, que je dorme ou je veille, tu es près de moi. Je t'emporte avec moi dans mes rêves – cette jolie expression qui me vient de toi – tu m'accompagnes dans mon quotidien, mes pensées, mes divagations poétiques, mes souvenirs. Je te parle, tu m'écoutes. Tu voudrais me contredire comme tu l'as fait cent fois, mille fois : « Non, non, tu t'aveugles, tu ne m'as jamais aimée. Notre amour n'a été qu'épistolaire…, » mais tu ne le peux pas.

« Tu sais que je t'ai aimée comme jamais je n'ai aimé. Tu n'as pas voulu voir que tu étais la femme que j'aime, la femme de ma vie. Et je ne jurerais pas, quelle que soit ta pathologie ou la mienne, que tu ne souffres pas en réalisant que nous nous sommes perdues à jamais. »

« Mais même si je ne me résigne pas, je sais qu'il est tard, beaucoup trop tard pour revenir en arrière, te rejoindre, te serrer dans mes bras, m'abandonner entre les tiens, entendre résonner ton rire des moments d'insouciance, cascade de cristal, plonger mon regard dans le tien, trouver encore une fois que tes yeux ont les reflets de l'or.

« Tu as fermé toutes les issues.

« Dans le bourbier d'insupportables souvenirs surnage une image lumineuse :

« TOI, en mode séduction, forte et fragile, émouvante, attirante, digne d'être aimée, capable d'aimer.

« Tu m'as écrit récemment : 'Tu ne le sais pas, mais je ne suis pas tout à fait dénuée d'émotions quoique j'aie pu dire'.

« TOI, de loin en loin, d'une déchirante lucidité sur toi-même.

« TOI, d'une intelligence brillante, les rares moments où tu consens à ne pas te dénigrer. »

J'ai fini ce soir de reconstituer le miroir brisé de notre amour. Il est magnifique.

« Adieu mon amour, à plus tard sûrement !

« N'ai-je pas rêvé répétitivement que rien ne nous séparerait jamais, ni ici-bas, ni là-bas au pays qui te ressemble ? »

Octobre 2018 – Avril 2019

Je pense que si cet amour est partagé, il peut durer.
Je n'ai jamais ressenti tant de sentiments
à la fois contradictoires et violents, ressenti
tant de craintes, rêvé autant...

Message de Justine

Remerciements

Merci à Yves Michalon pour avoir permis à ce livre
d'exister, ainsi qu'à Sophie Mairot, l'irremplaçable,
pilier des Editions Michalon,
Merci à Virginie Amourelle, des Editions Fauves, d'avoir
pris le relais pour faire aboutir l'aventure qui consiste
à publier un livre,
Merci à Sylvie Samuel, mon amie et attachée de presse,
d'avoir accepté de défendre ce texte.

Merci à mes enfants, Laurent et Anne, pour
leur soutien indéfectible,
Merci à Yvette Fonteret, l'amie d'une vie, qui m'a
encouragée à aller au bout de ce projet, a lu et relu ces pages
pour traquer coquilles, fautes de frappe et autres...
A son mari Alain qui a été le lecteur masculin test.
Merci à Alice de Jenlis, une grande amie et lectrice
de la première heure, pour ses conseils,
Merci à Francine Hardy, du pays de mon enfance,
qui sait si bien écouter,
Merci à Lisa Olander, ma belle-sœur,
pour son enthousiasme,
Merci à Isabelle Kevorkian, à l'imagination intarissable
et aux remarques toujours enrichissantes,.
Merci enfin à mon chien Ginger et à mademoiselle Céleste,
mon chat, pour leur constante et chaleureuse présence.

Merci à vous tous, lectrices et lecteurs, qui serez arrivés
jusqu'à ce point...